似水流年

陈俊红 / 著

山西出版传媒集团

北岳文艺出版社
BEIYUE LITERATURE & ART PUBLISHING HOUSE

图书在版编目（CIP）数据

似水流年 / 陈俊红著. — 太原：北岳文艺出版社，2017.4（2025.4重印）
ISBN 978-7-5378-5053-7

Ⅰ.①似… Ⅱ.①陈… Ⅲ.①小小说 –小说集 –中国 –当代②散文集 –
中国 –当代 Ⅳ.①I217.2

中国版本图书馆 CIP 数据核字（2017）第 003994 号

书名：似水流年　　　　策　划：商爱欣　　　　责任编辑：李向丽
著者：陈俊红　　　　　书籍设计：琦　琦　　　　印装监制：巩　璠

出版发行：山西出版传媒集团·北岳文艺出版社
地址：山西省太原市并州南路 57 号　邮编：030012
电话：0351 – 5628696（发行部）　0351 – 5628688（总编室）
0351 – 5628695（编辑室）　传真：0351 – 5628680
网址：http://www.bywy.com　E – mail：bywycbs@163.com
经销商：新华书店
印刷装订：三河市天润建兴印务有限公司

开本：880 毫米 × 1230 毫米　1/32
字数：127 千字　印张：7.5
版次：2017 年 4 月第 1 版
印次：2025 年 4 月河北第 4 次印刷
书号：ISBN 978-7-5378-5053-7
定价：36.80 元

目录

似水流年

旷日经年

似 水 流 年

　　手中的烟花和奥运的大脚印一样绚烂，所有人脸上满溢着欢笑。不用装扮的幸福才是真实的幸福。如果你点亮了生命的灯火，就勇敢地走下去吧！把手放在心上，自己永远是自己的，谁也不会丢！幸福就在每一个闭眼冥想的瞬间，随时随地，随想随要！

九月的猫样女子

下班时间刚到，良品就迫不及待地拎起包，边从办公桌上抓起一沓资料边打着电话："尚海，准备下楼吧，我五分钟后赶到！"走到办公大厅，又忙着和办事员小王交代着，"这些事情要在星期一上午进行联系，午餐前将结果放到我办公桌上就行了！"有下班的员工也在和她打着招呼，良品点头、微笑、挥手，另加上一句甜美的"再见！周末愉快"，边向外走边对小王说，"不着急的事就先放一放吧，不要加班了，周末愉快，代问你爸妈好！"这才叫得了便宜卖乖呢！给人家安排一大堆工作，还要让人微笑着接受！

刚到香榭丽舍小区的门口，良品就看见尚海了，边叫她上车边埋怨："走出来干什么？我去接你就是了！"

"我刚好出来透透气，就当散步了！"

良品只是微笑着并不说话，尚海望着窗外的风景，不禁自嘲地说："哎呀！老是不出来，看到外面的世界我头都晕了！"

良品呵呵地笑着："你就在这大肆炫耀你拥有的权利吧！"

尚海也呵呵地笑起来，却一直在无奈地摇头。良品又关切地问道："我们的小公主怎么样？"

尚海没来得及作答，就急着说："停车！"然后按下车窗向外大叫，"果儿！果儿！在这儿呢！"

良品被突如其来的情况弄了个措手不及，把车停下来，望见了那个穿着低腰牛仔短裤、花色鲜艳的 T 恤，烫着黄黄卷发的果儿。良品打开车门冲着果儿嚷道："开车啊！"就绕到后面座位了，果儿坐在驾驶座，冲着良品和尚海调皮地一笑："保护好心脏啊！"那辆红色马自达就蹿出去了。

尚海惊恐地对良品说："你干什么？还是你来开吧！这个疯丫头可没准！"

良品哈哈大笑着："姐姐，你总不能让我穿这身衣服出去玩吧？"说着拿出一个手提袋然后开始脱衣服，"该死的职业装！该死的蕾丝抹胸！该死的丝袜……"

果儿在旁边开始起哄："吼吼！内裤可以不穿，但是文胸不可以哟！"

良品边整着胸衣的肩带边回应："那当然！全凭它顶事呢！"两个人开怀大笑起来，只剩尚海皱着眉无可奈何。

任你在外伪装的是什么角色，到了夜的怀抱里，你总是狂野的。也许，第二天，阳光将还你一个在白日里的面目，当再次撞进夜里，你仍是一个妖者。但是妖总不成神，神总是在天上和光明、阳光在一起，出生为人总是经历着日与夜的交替，于是说妖不是妖，说神不是神，是俗人一个！

良品、尚海、果儿三个人刚一落座，就有侍者跟过来，撕裂的音乐在果儿的身体里游走，从头传到脚，包括那头金黄色的卷发，她在侍者耳边叫喊着："三杯墨西哥日出！"良品却拒绝了："先来三杯果汁，十五分钟后一杯墨西哥日出，两杯天使之吻，还有，别忘了给我们几杯清水。"果儿甚觉扫兴："切！到哪都不忘给人拴根绳！"良品用故作严厉的眼神，果儿的视线却已钩住一个目标，妖娆地走过去，胯骨向那人微微一顶，一只光鲜的大腿就蹭上了那条牛仔裤，轻轻地就在那人下颌处私语，鬼知道那微吐的气息有多撩人，此时，谈话的内容已经不重要。那人斜侧的身体对着良品，她只看到一只骨感又修长的手轻轻地掸落了果儿。果儿并无失落，长笑着把自己扔在座位里。良品对尚海说："看！这个猫样女子，又要耍媚惑了！"

"我才不是猫样女子！猫样女子是尚海那样的，每天依偎在男人身边，过着无忧又慵懒的日子。"

"我才不是猫样女子，猫样女子是良品那样的，高抬腿，轻落步，永远游走在他人未及的边缘。"

"我无话可说，为这三只猫干杯！"

当那一又二分之一盎司龙舌兰酒和刚刚好的柳橙及石榴酱调出的色彩沉静却口感狂妄的墨西哥日出灌进口中时，三个人开始了无休止的纠缠，从果儿今天没有守在约定的国贸大楼，到良品的多次爽约，甚至到了尚海的"早婚早育"。三个女人体会着这种奔跑在舌尖味蕾的游戏，并且用深吸来缓释，用爆笑来表达……

所有气氛因那双修长的手指拨弄的音符而停止。也许刚好歌者的位置与良品正对，那清澈的眸子不遗余力地锁住了她，还有那轻轻地诉说：

> 比起闪电轰鸣的雷雨，
>
> 这场淅淅沥沥的小雨更加令人平实而又安静，
>
> 唯一的缺憾是它走后没有色彩艳丽的彩虹供人凭吊。
>
> 而可以让我们微笑的是那不可羁绊的骤风，
>
> 带着夜和潮湿、清冷的味道去挑逗，
>
> 任多么简单的简单，
>
> 只要接受它的抚弄，
>
> 也会奏响明快的生之乐章。

知道什么是生命吗？

是均匀的呼吸，

是香甜的安睡，

是如风般无以定夺的轨迹。

有些人爱上一个人要用十年、二十年乃至一生去体会，直到生命的尽头，才会恍悟，原来爱着的那个人是你！

有些人爱上一个人只因为一句话、一个眼神或者一个彼此传达的笑意，直到生命的尽头，他还是会说，我一直爱着的人是你！

噢！我的宝贝，我的乖乖，我的小丫头，

放掉姿态，放掉狂傲，拥入我怀！

噢！我的宝贝，我的乖乖，我的小丫头，

一起到老，一起缠绵，跟我目风！

果儿已经昏昏欲睡，尚海慌慌地抓起包就草草告辞，良品叮嘱："哎！尚海，不要给朵朵喂奶了，让她喝奶粉吧！"

"知道了！一定把果儿拖回去，明天给你们打电话！"

良品踏着歌声去了洗手间，丝竹远逝，却回旋在良品心里。她低头呕吐着，长发飘落胸前，露出光滑的脊背和一根线条柔美的椎骨；仰起头，是那浑圆的肩膀和棱角分明的胛骨。

椎骨隐陷下去，身材曲线勾画着女性美。

　　良品晃晃悠悠地趴在果儿躺着的沙发扶手边，一个侍者就过来了："小姐，回家吗?"

　　良品手拄着腮，长长地笑起来，那侍者扶起果儿向外走。上了车，良品递过小费，侍者答："车钱和小费有位先生都付过了!"

十月如歌碾作尘

果儿给了尚海一个 QQ 号，一来是为了方便她在外地演出时联系，省些电话费；二来是为了打发尚海育儿期的烦躁和寂寞。也许是朵朵这个小家伙在妈妈的腹中待久了，还没倒过来"时差"吧，三个月大小的她仍旧是"昼伏夜出"，白天睡足了，晚上分外兴奋，看着悬在头顶的五彩气球，手抓脚蹬，好不高兴！尚海打开了电脑，播放着莫扎特的轻音乐，边整理着婴儿的衣物边不时跟朵朵叨叨着话。忽然，"滴滴"一个提示音，一个男子的头像就在那里一跳一跳的，发型很整齐，侧着头，很开朗的形象。尚海犹豫了一下，抿了抿嘴唇，右手的食指点了两下鼠标，一个网名叫"雨夜"的人向她问好。尚海的QQ上有三十二个好友，可是除了果儿她一个人也不认识，可是果儿的头像从来没亮过。这期间好多人跟她打过招呼，有先问好的，有马上就送玫瑰花的，还有上来就问能不能上床的。

网上聊天这种极具隐蔽性的交往形式让更多人学会了发泄，学会了放荡。尚海向雨夜发过一串问号进行是敌是友的试探，对方反应不是很快，回复也很简单，七个字分了两条信息发过来：冯至的诗，我喜欢！尚海开心地笑了，原来一切都因为她的签名：我的寂寞是一条长蛇，静静的没有言语。那是现代诗人冯至题为《蛇》的诗句，如果因为这个或许可以聊聊吧！

尚海的手指飞速地在键盘上敲打、游走着，一条"奶茶"回复给"雨夜"的信息迅速显示在屏幕上：冯至先生博古通今，学贯中西，被鲁迅誉为"中国最杰出的抒情诗人"，这个评价很高了！

雨夜答：是。

这让尚海多少有些失望，因为自己的情绪并没有得到对方很好的呼应。朵朵有些不耐烦了，开始小声地吭哧，尚海再次给雨夜发出一条信息"不好意思！我哄孩子！"就去抱朵朵。雨夜迅速地回了一条：我＝你。尚海皱起眉头，猜测着其中的意思。

雨夜：等你。

一种温暖袭上尚海的心头，她开始微笑。

雨夜：不好意思，我打字不是很快，新手上路请多多关照！

尚海再次微笑，一只手揽着朵朵吃奶，一只手腾出来查看雨夜的个人资料，年龄比尚海稍长些，而且不在一个城市。尚海松了一口气。朵朵叼着妈妈的乳头睡着了，尚海轻轻地抽出乳头，朵朵的小嘴下意识地又吮了吮。孩子开始变得眉清目秀了，安睡的样子招人怜爱，尚海微笑着把她放下，又在她的额头上吻了吻，那个闪动的头像再次把她招回电脑旁。

尚海再次敲出一段文字：听着！小子！我不管什么原因使你还待在网吧！但是，社会不接受不良少年，知道吗？回到学校去！回到课堂。

对方好像也有些急了：什么不良少年？我三十二岁！别以为你写了三十八岁就可以在这里教训人，至少我是真诚的！

奶茶：我为什么不是真诚的？

雨夜：如果三十八岁还要哄丁点大的小孩子，你肯定是博士生导师。

尚海忍不住笑了，冲着那个雨夜做个了鬼脸，不说话，不过心情还好。

雨夜：好了，现在是夜里两点三十一分，带孩子很辛苦，没什么规律，他睡你就睡吧！

开始有晶莹的东西在尚海眼睛里闪烁。

雨夜：今夜如果打扰了，说声对不起。

　　奶茶：没有，是我说话太冲了。

　　尚海很快被缴械了！

　　雨夜：再见。

　　奶茶：安！

　　中秋节的热闹刚过去，马上迎来了十一黄金周。这期间免不了吃吃喝喝的事情，更何况尚海是嫁给了王红烈这样的一个小小的官宦。他作为工商局的一个小科长，马虎不得，他已经是被一根青藤悬在崖边的人，要么小心翼翼向上爬，要么粉身碎骨，否则，就别来端这碗饭！

　　早上六点多，王红烈急促的敲门声又吵醒了尚海。开了门，他径直朝洗手间走去，洗了把脸，却看见尚海又倒在床上了。他走回卧室，这才发现白净的女儿睡着的样子是如此可爱，俯下身去，只吻了一下，朵朵就撇着小嘴开始委屈了，然后是猛地一嗓子哭出来。尚海吓得从床上蹿起来抱孩子，因为太困了，想让朵朵安静下来，于是撩起衣服给她喂奶。朵朵马上停止哭闹。王红烈笑了笑对尚海说："一会儿咱们带着朵朵到我妈家去。"他也斜倚到床上，又说，"昨天晚上跟那帮人喝多了，到了洗浴中心躺下就睡着了。"尚海的长发乱乱地铺在床上，没有一点儿反应，他就起身在衣柜里找衣服换。朵朵吃饱了却还是在闹，尚海闭着眼对王红烈说："叫小阿姨过来换片尿不湿。""还没来呢，你换吧！"见尚海还没反应，他有点不耐烦了，"哎呀！你起来吧！今天黄伯伯他们去我爸那，咱们还要过去陪的！"

尚海起了身，长长地舒了一口气，整个人跟霜打的茄子似的。尚海把朵朵的用品大包小包地塞了一后备厢才驱车到婆婆家，然后是赔笑脸，跟客人寒暄，还有一条就是听婆婆训话："尚海呀，你爸爸已经把你的事情都办好了，你那个班上不上都无所谓了，不过工资每个月都会打到你卡里，就当是零花钱吧。趁着你爸爸说话还管用，红烈的事要好好办办，所以你现在的任务就是安安稳稳带孩子，不要让他分心。再说了请了个小阿姨也不用你辛苦，只是你不喜欢让外人住在家里，不然的话请个年龄稍大点、经验多的，就不用每天让人家跑来跑去的了……"尚海一直以微笑的姿态看着婆婆，最终是良品的电话救了她，她以接电话的名义逃到了阳台上。

"喂！怎么半天不接电话？"

"我在我婆婆这里呀！"尚海压低了嗓音说。

"哈！让我体会体会是水深火热还是用心良苦呀？"

"少贫了！有什么事呀？"

"后天我们公司有一个答谢酒会，果儿她们过来，我想让你也出来放放风。"

"后天呀？我看看吧。"

"那好吧，定了给我打电话！"

"好！拜！"

一直到了下午，尚海终于带着朵朵逃离了，王红烈又喝醉了，在老宅里睡得很香。从很多意义上来讲，他还是把这里当作他的家，毕竟在这里出生、成长，好多东西已经根深蒂固。对于"家"的概念，男人和女人是有本质区别的。男人看重外在的，家产、家业甚至是一处祖屋，所以有了东归英雄；而女人把"家"定义为一种感觉，有爱的地方就有家的存在，有温暖她的人就能给她一种叫作"家"的感觉，所以女人可以四海为家，并为此寻寻觅觅。

尚海把自己扔在软软的床上，独自享受一种安静，她现在越来越需要这种安静了。安静下来的尚海，忽然想起一个人，于是打开了电脑，登上了QQ。网上也是一片安静，根本没有想见的那个人！

良品的答谢会如期举行，作为举办方的良品身着职业装忙前忙后，好在是果儿组织的文艺演出，沟通起来相当省力。尚海不知道怎么帮忙才好，良品把她拉到一边，抚着她的双肩交代："这是公司的事情，不用你操心。果儿今天来了，我们完全是商业关系，我做我的活动，她赚她的钱，让你今天来就是放松的，我不想让你安乐得只会做主妇！知道吗，嗯？前半部分有高层出席，气氛相对高雅、隆重些，后半部分完全是留给客户疯玩的时间。我的工作汇报完毕，领导可满意？"

尚海无奈地笑了："跟你们比起来，我都快成老太婆了，我记得我们以前都是这样对父母说话的。"

良品也呵呵笑了："少拿自己当人物了！"

"你忙吧！"

"好！有事叫我，开心呀！"

"知道了！"

酒会尽在良品掌握中！一切均已超出期望值。果儿的一段优美的现代舞掀起舞会的一个高潮，那顺畅的舞姿如山涧涓涓流水流过，有力却顺滑，不打一点儿硬弯。场上掌声不断，只有良品和尚海不约而同地流下了眼泪："这个死丫头，从来没有一天停止过练功！"良品又气又怜地说。

尚海也肯定着："是呀！我平时总以为她堕落了，其实她一天也没放弃过理想。"

席间，良品发现了背景音乐的弹奏者，正是上次果儿在酒吧搭讪的那个人，她认识他是因为那双修长的手指和深邃的眸子。舞会结束了，果儿特意将他介绍给了良品，那人终于将手伸向了良品："你好！目风。"

"目风?"

"对，目风!"

良品从来没因交际遇到过如此无以把控的局面，她总是高姿态的，今天却手脚不知道放在哪里，心跳得厉害。握到那只手时对方是干净且硬朗的，她在心里一直念着一句话："一起到老，一起缠绵，跟我目风!"

"我……我好像听过一首歌……"

"是的，《目风》。我叫目风，歌的名字也叫'目风'。"

良品释然地笑了，两个人会意地笑起来。

果儿想和目风一起走，他却径直离开了，夜幕里，他身形矫健。这让果儿很是有一种欲罢不能的恼火。

"你的新任男朋友?"

"我还没有追到手!"

果儿调皮地吐了吐舌头，良品白了她一眼，也笑了。

做你十一月里的小女人

　　一个酒吧的颜色和冷暖从来不会因为季节的改变而改变，因此沉迷于此的人们心情也不会改变。不管你是什么人，有着怎样的情绪，只要稍加适应，一种心灵的慵懒就可以释放出自我。不管多么强劲的音乐，总不能影响良品静静欣赏一杯酒的颜色，你可以恨它的光怪陆离，却总也逃不脱它在舌尖跳跃着的畅快。而良品开始频繁来酒吧，更多的原因是她无法逃脱那修长的手和深邃的眼神的吸引。她开始迷恋目风似在耳边轻轻诉说的歌声；她开始习惯目风唱完歌后与她亲密如恋人般地相拥起舞；她开始很舒心地将头靠在那个结实的肩上，然后长长地舒一口气；她开始安然于目风轻抚她的长发，从来不需要一句言语。曲终人散，两人各奔东西，她只期待再一晚的相聚。

　　这种期待忽然变成一种等待，那么，一个夜晚或许还可以忍受，两个夜晚就已是煎熬，到了第三个晚上，良品开始发疯地找遍酒吧的每一个角落，包括后台。当她确信没有这个人的时候，心中的痛已遍及全身，那种失去是无法弥补、无法言表的，她心中只有一个念头：在哪里？到底在哪里能找到你？良品跌跌撞撞地游走在酒吧里，最后在走廊，她无力地蹲下来，只能看到穿梭的脚步，却不知道哪一双脚会为她停留。

一个侍者走过来："小姐，接个电话！"

良品泪眼婆娑地抬起头，狐疑地接过电话："喂？"

"乖！我在爵色酒吧，我……你过来吧……"

良品用手背制止了自己将要发出的痛哭声音，用一秒钟瓦解自己多年来修炼的孤傲，来不及用下一秒去恨，她已将电话塞给侍者，夺门而出。

女人是为男人而生的，不承认也是枉然。一个女人因为有了男人的关注而变得美丽，变得有意义；一个女人缺少了心仪男人的关注会变得"首如飞蓬"，整个人开始懈怠，这是来自身体的，也是来自精神的。

爵色酒吧里是歇斯底里的重金属音乐，良品冲到乐队前，终于又见到目风，这是彻头彻尾的失而复得。眼神与眼神交汇，目风扔下吉他，牵起良品的手向外疾走。一扇门阻隔了喧嚣，来不及让良品反应，目风以热吻封唇。良品开始报复性地抵抗，目风却不由分说地似猛兽撕扯猎物般地亲吻，直至良品爱上他的吻，变成一个软软的小女人交到他怀里。

"知道吗……从我第一次见到你……我就知道我会离不开你！"

"怎么，表演这么快就开始了？"与其说这是一种质疑，倒不如说是一种认知，因为良品是微笑着说这话的，幸福的微笑！

"知道这样问问题的后果吗？"目风捧起她的脸，那目光具有穿透力，照得良品的心尖痒痒的。

"嗯……不知道！"这是继续挑逗。

"你试试！你试试再说一次！"目风的唇已在良品的耳边。

良品欲要躲闪，仍在倔强地重复："怎么……"

目风亲吻她。

目风说："喝短饮的烈酒之前以果汁垫底，中间以清水缓和，我还是很少见到这样讲究的女人喝酒！乖！我不是故意扔下你不管，是这边的朋友有急事，我临时过来救场的。我没有你的任何联系方式，我不知道你会这样找我，是我那边的朋友打过电话来，我才知道你的情况。"

良品："我想你！"

目风："我也想你！还记得那首歌吗？"

良品："《目风》？"

目风："对！我的宝贝，我的乖乖，我的小丫头，一起到老，一起缠绵，跟我目风！"

良品开始回避了，于是目风调转了话题。

目风："我昨天晚上做梦了！"

良品："梦到什么？"

目风："梦到我妈妈了。"

良品："呵呵！我以为梦到大老虎了呢！"

目风："那是梦到你了，哈哈。"

良品："我很可怕吗？"

目风："你说呢？"

良品："如果是的话我也是头骄傲的狮子。"

目风："为什么不是老虎呢？"

良品："老虎不骄傲。"

目风："不过老虎优雅。"

良品："老虎没有趾高气扬的样子，它只威猛！"

目风："为什么非要那种姿态呢？乖！我知道你工作时的那种自信和果断！但那是和穿衣吃饭一样简单而平常的事情！我不要你坚强，我只要你做我的小女人！"

最强的男权主义者不是男人本身，而是那些因找不到依靠而自力更生的女人们。内心里，她们更需要来自雄性的呵护与关爱，她们甚至为了激发男人的斗志而与男人针锋相对，可惜有太多不解其意的男人见此望而却步，于是造就了这种女人高处不胜寒的现状。而良品的要求呢？只是需要一个怀抱让她做个女人而已！就像这个夜晚，只需心爱的人在她耳边窃窃私语。

十一月的阳光最温暖也最明快，早上十来点钟，正是阳光蒸腾露珠的时候，安静而唯美，尚海带着朵朵出来散步。女儿的成长几乎是分秒可见的，指不定在什么时候她就能学会一种技能，尚海总是欣喜地第一个告诉王红烈，而他多半是在忙碌的；她接着打给良品和果儿，而这两个女人在没有切身体会这一快乐之前，所有的关于朵朵的好消息能带来的兴奋度都会减半，她们只是被尚海的快乐和惊喜感染着，然后是跟着她笑，确切点说，她们真的不知道如何去迎合这种快乐。倒是那个看不见、摸不着、虚拟的"雨夜"如关注一棵小苗的成长一般关注着朵朵的成长，这种温暖是直抵内心深处的。

小阿姨抱着朵朵在广场上玩，尚海靠在长椅上，不知不觉眼前就开始只有模糊的一片阳光的颜色，全身暖暖的。忽然，电话的铃声叫醒了她，她看都没看，接听了来电："是尚海吗？"一个陌生的声音。

"你是？"

"我就问你是不是尚海?"对方粗鲁地再次问道。

尚海全身的神经开始绷紧:"你想怎么样?"

"告诉你老公老实点,我们就不会怎么样。只是……我听说你有个非常漂亮的女儿,有机会我也看看,哈哈!"

尚海握着电话的手开始发抖,每一根汗毛都竖起来了:"你是谁?"

对方已经挂机。尚海缓过神来,小阿姨和朵朵已经不在视线范围内,她开始一边流泪,一边奔跑,一边呼喊朵朵的名字。广场上的人们开始以尚海为中心聚拢,他们不知道在这个惊慌失措的女人身上发生了什么。不到三分钟,尚海就在喷泉边上找到了小阿姨和朵朵,但是对于尚海来讲,时间恍如凝固了一般,她接过孩子看了又看,然后拽上小阿姨就上了出租车。进了家门将所有的窗子关好,脸色还是煞白的,她开始用颤抖的手给王红烈拨电话:"你马上回来!"

"干什么?我这里有事!"

"我让你回来!"尚海发疯一样对着电话喊起来。

悲情十二月

每个女孩子都希望能与初恋相守终老，走到女人这一步才觉得当初的想法是一种悲哀。尚海把张国荣的《霸王别姬》看了一遍又一遍，那是讲述一段感情，纯粹的感情，可是最终的结论是：任何人不能靠感情活一辈子，没有太理想化的爱情，如果有谁一定要认死理，那他会很惨，至少是活得很惨。

当有一天你发现有些话已经不方便跟父母讲的时候，就意味着你已经长大；当忽然有一天你又发现有些话已经不方便跟你最近的人讲的时候，那么说明你已经成熟。

尚海从超市里出来的时候，街上的人很稀少，离家不过两个十字路口的路程，她的心思并没有放在路上，边走边想着心事。她隐隐地觉得身后不远处正有人不紧不慢地尾随，心中开始忐忑不安起来，用眼角的余光望过去，果然有一辆三轮车，已经跟着自己走了约有一个十字路口。她心中想着对策，脚下不由得变更了行走的路线，穿过并不热闹的马路向对面走去。那车果然停了下来。

过了红绿灯，尚海顺着斑马线再次回到原来的路线，刚刚跨过马路牙子，一辆黑色的汽车就靠了上来。车窗慢慢打开了，一个长着两撇小胡子的男人探着头问："小姐，要车吗？"尚海像一匹受惊的小马，大步向前跑开了，只听到手中的塑料袋跟着哗啦哗啦地响。

直到把家里的防盗门"咣当"一声关死，尚海才闭着眼靠在门上大口喘气。王红烈从里屋走出来，扫了她一眼，责怪地说："干什么呢？慌慌张张的！"尚海稍微定了定神，换了拖鞋，把一些吃的东西放进冰箱，然后将一提卫生纸拿到卫生间，随后在水池边洗手。王红烈也进了卫生间，松开腰带就小便。尚海关了水龙头，边拿毛巾边向外走，生气地说："你文明点行不行？"王红烈本来已经尿出来了，可是听了这话又憋回去了，提着裤子追出来："你说谁呢你？我流氓！你不会不看呀？孩子都跟我生了，还装什么蒜！"想着自己还憋着半泡尿，就又嘟嘟哝哝地回了洗手间。尚海越来越觉得自己有话说不出了，使劲地叠着朵朵的衣服，眼泪啪嗒啪嗒地往下掉。王红烈气冲冲地离开了家，把门使劲地摔关上了，吓得朵朵一机灵，哇哇地哭起来。于是尚海抱着朵朵也哭出声来。哭着哭着，朵朵就吃着奶和妈妈一起睡着了。

晚上十一点多尚海才醒了，眼睛有些疼，怕吵醒了朵朵就没开灯，趿着拖鞋去洗脸。洗好了也没擦，用湿手理着乱发向卧室走，刚一进门就见窗户上一闪一闪的黑影，吓得尚海惊叫了一声，再定睛一看，是窗外的树影。她开了灯，迅速地拉上了窗帘，给朵朵脱了衣服，盖好被子。习惯性地打开了电脑，雨夜早早地等在那里，并以极快的速度发现尚海已经上线。一个温馨的笑脸发了过来，尚海迫不及待地向对方表达着自己的感受。

奶茶：我好怕！

雨夜：还在为那件事吗？

奶茶：是，我走不出那个阴影。

雨夜：我说没事就没事，不要再自己吓自己了，开心些！

奶茶：呵，你那么自信？

雨夜：嗯，你信我！

奶茶：叹气，好吧！

雨夜：我给你讲个故事。

奶茶：好呀！

雨夜：两个相爱的玉米粒决定结婚，可是婚礼时找不到新娘了，新郎问一直跟在身边的一个爆米花看没看到新娘，爆米花害羞地说："讨厌，人家穿的是婚纱！"

尚海开心地笑了起来，并迅速地回敬了一个笑脸。

雨夜：我的妹呀，让你笑一下可真难呀！

奶茶：趁火打劫，不理你了！

雨夜：收下我道歉的礼物吧！

雨夜：我再也不敢了！

雨夜：你就饶我一次吧！

雨夜：饶我一次吧！

雨夜：我不活了！

雨夜：我有一个请求：请你说话。希望你能满足我，否则我就把你的手机号写在墙上，前面再加两个字：办证。还要跟我说好的，要不就写：征婚，条件不限。

雨夜：临死前你就不能原谅我吗？

奶茶：胜利！

雨夜：我的姐呀！累死我了！

奶茶：举起手来！优待俘虏。

雨夜：我投降！

雨夜：和好吧，哈哈！

雨夜：握手和好啊！

雨夜：说到哪你生气了，哈哈……

奶茶：你？

雨夜：我往前看看啊！

奶茶：把你的快乐建立在别人的痛苦之上！

雨夜：我只是想你。

几个字进入尚海的视线，让她心痛不已。

雨夜：走出阴影，快乐起来！

奶茶：说话大喘气！

雨夜：哈哈，请你听一首歌，奶茶的《原来你也在这里》。

两个人习惯了这样的相处，习惯了不说再见的告别，也许这样才能让彼此觉得，谁也不曾离开谁吧！

借着圣诞节的幌子，三个女人又聚到了一起。

"每个女人都是一个可持续开发的资源，幸福不幸福，就看找没找对开发商了！"

在果儿的哲学里，在良品开怀的笑声里，两个人又把话题扯到了男女关系上。良品边笑边对果儿说："我说果儿，你都换了几家开发商了，怎么还没被开发出来？"

果儿一听又羞又恼，抓起一些圣诞老人类的小饰品向良品砸过去："要死啦！叫你穷开心！"

两个人在沙发上扭打起来，夹杂着良品止不住的大笑和尖叫。一切因为尚海的无动于衷而渐渐冷了下来，果儿问道：

"喂！小少妇，怎么了？又在那为赋新词强说愁呢？"尚海自嘲道："小少妇？丈夫？丈夫……丈夫，一丈之内是你夫，一丈之外谁知道是什么东西！"

说得良品和果儿面面相觑，果儿追问道："怎么了？"

尚海眼里含着泪花，发觉自己说错了，歉意地对两个人说："哦，没什么！你们俩听好了：有些事情并不是有了爱情就可以解决的，更有些人是有了爱情后变得更加孤独的！可以流浪的时候就尽情去流浪，等到好多事情成为流浪的羁绊时，流浪已经成为不可能，成为一种想象！"说完又喝了杯酒就先走了。看着尚海的莫名其妙，果儿气得非要追上去问个究竟，良品硬是按住她："尚海的脾气你还不知道？她肚子里最能盛东西了，今天是多喝了两杯才露出来的，一定是王红烈那个王八蛋！"

岁末年尾，王红烈所在的科室很忙碌，见果儿和良品出现在办公室门口，王红烈很是不自在地笑了笑，让其他人都出去了。果儿顺手将门反锁了，靠在门上不说话，良品踱着方步把办公室上上下下看了个遍，慢条斯理地说："王科长最近很忙呀？"

"唉，机关那点事可不就忙在这个时候了，写总结啊，做报告啊……"

"行了!"良品声音小却有力地喝住了王红烈的沾沾自喜,"尚海到底怎么了?"

"尚海?没……没什么呀?"王红烈故作镇定地说。

"连尚海这么宽厚的人都快撑不住了,一定是有什么事。"

"她……她跟你们说什么了?"王红烈支支吾吾地问。

"什么也没说。你还不知道她?她为了你们家那些所谓的荣誉,所谓的面子,是打掉牙往肚子里咽。你说不说?再不说就别怪我声高了啊!"

果儿也帮腔:"别跟他费话!"

王红烈一看实在不行了,才道出了实情:"我们管辖范围内的一个效益不错的公司,各种证件和手续其实都应该归我们管,可是那老板和市区局的关系好,所以不在我们这办,有个资料非得我们这盖章不可才过来。我们局长想治治他,就让我变着法地为难他们。没想到他们不仅不服软,还让人给尚海打恐吓电话威胁我。尚海是让那电话吓着了。"

良品:"你是怎么解决的?"

王红烈:"我能怎么解决?就吓唬吓唬呗!他们敢怎么样?已经没事了。"

良品:"没事?你知道她多失望、多恐惧吗?"

王红烈:"真没事!不知道为什么市里一个领导知道了,

也没声张，暗地里把这事给和解了。可尚海还是怕，我也没办法。"

良品："我跟你说对尚海好点，替她想想，要不然没你的好，办公室在这长着呢！"

说完良品和果儿急匆匆地走了，直奔尚海家。

带着一身的冷气和大包小包的东西，良品和果儿出现在尚海面前，尚海看到她们高兴。

"哟！我们的公主快成人来疯了！"

"来，亲一个！马上新年了，你开不开心？"

尚海招呼着小阿姨又是端茶又是洗水果又是买菜又是做饭的，大家在一起分外开心。果儿说："这段时间我不出去，我准备搬到你这住一段时间。"

尚海用目光询问着良品："住倒是没问题，就怕朵朵影响她。"

良品劝慰到："没事儿，她本来就是夜猫子，听说我们的朵朵也睡反了，她俩正好。"又是一阵开怀的笑声，大家却都谁也不看谁，谁都怕被对方发现了眼里转着的泪花。

什么是爱呢？就是让对方融化在这幸福里，却不露任何痕迹！

北方的一月没有雪

爱一个人，爱到惶恐！

深爱着他，在他讲述每一段曾经幸福的回忆的时候，把自己想象成其中的一部分，于是很幸福，幸福得溢满他的过去。爱他，爱得只想沉浸在此刻的幸福里，幻想着，这个有着长长乌发的女子，这个时常眯起媚眼的女子，应该终日依在他怀里。然而，怀揣的不安是什么呢？是未来，是那个美好的未来！自欺欺人地去填补他的过去，无限荣耀地占据着他的现在，而未来的某一天，他会被谁从自己身边无情地带走呢？不敢想！于是，明知道未来对自己来讲很渺茫，但是仍愿意把它当作一个愿望来追求，还要告诉自己：终有一天能实现。那……就好好爱吧！

在这冬日细碎的暖阳里，良品幽幽地思恋着那个令她心仪的男子。在她，听到他的声音就会禁不住地幸福。而这一切在目风眼里，她幸福的样子不过就是一个小女人的傻笑。她喜欢目风丰富的面部表情，就是肯定的时候撇一撇嘴角。而在目风看来，良品的快乐就是冲他吐一吐舌头。每当她欣赏着那个深爱的脸庞发出慨叹"啊，我心爱的儒雅小生！"时，目风始终不能认同自己属于该派，总是反驳着："我哪'儒雅'呀？我哪'小生'呀？"然后凑过来非要良品亲一下。良品自顾自地忙着手里的活，微笑着断然拒绝："不！"目风当然不肯罢休，凑得更近了，良品的笑会更开怀一些，但仍然要说："就不！"于是目风强制执行了，良品只觉得自己如此幸福，像绚丽的颜色落下来然后一直向四面晕染，觉得他们之间有一种心灵的契合。良品喜欢静静地诉说："遇到你以后，我越来越喜欢倾听。和你在一起，我最喜欢的是安静；最开心的事情是抚着你的脸醒来，摸到你硬扎扎的胡子茬；最想和你做的事情是一起锻炼，一起读书，一起晒太阳，一起安睡；最爱的事情是让你把我宠坏！"

如果每个在一起的日子都是一个静静的午后就好了，只需要彼此拥有，彼此静静地感受！

早早地就在怀念一场雪的到来。雪花纷飞是一种少女的情怀，大雪铺天盖地就是一个晶莹、纯粹的世界。而今年的一月多数时候是阴阴的，却不见雪飘，好像总不能释怀。马上就到新年了，而新年对于尚海来讲不是憧憬，不是希望，是一段日子。也不知道从什么时候开始，人们过着过着就只剩日子了！

王红烈陪着他爸开始了辞旧迎新的"上供"，这"年"仿佛也只有他们忙得热火朝天了。对于尚海来讲这个人无论是在自己眼前晃，还是招呼也不打、头也不回地离开，都变得遥远，变得无足轻重，变得陌生。唯一印证他们曾经有过关系的就是女儿朵朵，她的眉眼，她偶尔的一个姿势、一个动作都很像他。

从傍晚开始，朵朵就一直焦躁不安，不停地哭闹，尚海也不知道她是饿着了、冷着了、凉着了，还是哪里疼，着急得满头是汗，想着让王红烈早些回来带她去医院检查一下，可是催了好几次他都说脱不开身，后来就是电话通了也不接，再后来就是关机。尚海给王红烈他妈打电话，王红烈妈妈说一定是着凉了，让尚海先拿热水瓶捂一捂，因为有客人王红烈一会儿才能过来。尚海照做了，朵朵果然安静下来，一边吃着奶一边睡了，可就是不能放下来，刚沾枕头就大哭，弄得好像枕头上长了针一样。尚海把枕头从上到下摸了个遍也没发现什么异常，就只好抱朵朵来回在屋里踱着步，手酸了、胳膊麻了仍然放不下。

大约九点多的时候，尚海想倒一下手，只见朵朵的小肚皮一鼓一鼓的，随即将刚吃的那些奶全都吐了出来。孩子并不哭，尚海吓晕了，看着那些半消化的汁液从嘴里涌出，流进孩子的脖子里、耳朵里，她足足愣了有五秒钟才反应过来，哭喊着："朵朵！朵朵！孩子你哭出来呀！睁开眼看看妈妈！看看妈妈！"不知道是怎么样跨出的家门，不知道是把电话打给谁了，反正良品、目风、果儿相继赶到了。不知道找到的是什么医生，反正见到穿白大褂的都让他来救朵朵，她甚至不知道自己到底要迈哪一只脚。

等一切的检查结果出来，医生平静地告诉尚海，朵朵只是常见的小儿消化不良。"可是，她吐了那么多奶！""正是因为吐出来了才没什么大碍，吐不出来才不好办呢！""可是，她为什么不哭呀？""这么小的孩子有多少体力？折腾四五个小时早累了，一会儿输液扎针她准哭。"大家都吐了一口气笑了。尚海透过玻璃窗看见朵朵的小小身体，眼泪怎么也止不住地往下掉，任凭良品和果儿怎么劝，她也不肯去休息。良品张了张嘴却又咽下了，这个时候提王红烈也许是雪上加霜吧！而果儿望了望目风，又看了看良品，于是三个人尴尬地分头向南北的窗口走去。这楼里异常安静，安静得能听到暖气蒸腾的声音。

直到早上六点，朵朵被送进了病房，尚海摇着她的小床闭着眼。护士过来量体温，她马上惊恐地睁开眼，把护士也吓了一跳："我看你的手还在一下一下摇着小床，不知道你睡着了。"尚海无奈地笑了笑，脸色惨白。一直到她第二觉醒来，已是十点多了，果儿正逗着朵朵玩，小家伙居然乐出了声。尚海头沉沉的，良品提着大包小包的吃的走了进来："这一晚上折腾得，赶紧吃些东西吧，趁热啊！"

尚海吃了两口就吃不下了。"你不吃饭，朵朵可就吃不上东西了啊！"果儿和良品连哄带吓唬，好不容易又让尚海吃了些。过了会，果儿和良品老是对视一下，然后支支吾吾地有话想说又不敢说的样子。

"怎么了？"尚海焦急地问道。

"王红烈，可能……可能有点忙！"

"他忙不关我的事！"

"不是，是……尚海你千万别上火呀！"

"良品，怎么你也说不清话了？"

"朵朵……的爷爷，今天早上去世了！"

"说……说什么呢？"

"我们也觉得很突然，但是……是真的！"

"喝酒……过量……引起心脏病……没……"

"别说了，我知道了！朵朵是有预感的！从他们父子走后她就闹，如果朵朵的哭闹能够引起他们足够的重视，事情也不可能发展成这样！"尚海贴着朵朵的小脸，"朵朵，这一切你是知道的!"眼泪下来了,她却不知道是为谁流的。而此时,一个更大的灾难和不幸在中国的南方暴发了——雪灾!王红烈父亲的追悼会因此而显得萧条,任何人都不想沾惹这个不祥的不吉利的事件,只是全身心地投入到工作中。更何况王红烈的父亲只不过是王红烈的"大树"而已,他的去世只是王红烈自己——这个尚未长成的小苗失去了依靠而已,而别人仍可以再寻一个可以庇护自己的大伞,或许还会因祸得福,找到更为合适的支点,凭空一跃!

你是我在二月纳入箱底的霓裳

书上说趴着睡会压迫心脏，目风也总是提醒良品："乖乖，躺好了睡啊！"良品总是在享受身体全部舒展的同时在目风的爱抚里重新缠上他。

"我得想个法子做个枕头。"目风若有所思地说。

"做枕头干什么？"良品缠得更紧了些。

"唉！解放我的胳膊呀！"话一出口，两个人不约而同地笑了起来。

"怎么？受委屈了？"良品抬起头，看着目风。

"没……没，幸福还来不及呢！"

幸福的人们总是想向全世界宣布他们的爱，而对于目风和良品来讲，这一切又何必呢？这样珍爱的一个人，这样的一段感情，只需要安静地放好，就足够了。

目风微微起身，准备点燃一支烟，良品嘴里阻止着，眼睛却欣赏着他的每一个细微的动作。目风唏嘘了一声，大有不可阻挡之势，打火机"咔"一下，一支烟悠闲地燃起。倘若一个男子吸烟的姿态都如此有味道，那么爱他的女子也只有陪伴了。目风尽量让烟雾避开良品，俊朗的脸上带着雅致的笑意："我一周不过一包烟，不上瘾的。"良品默不作声，盯着他点头，忽然伏过身去，追索目风嘴里淡淡的烟草香……

早上的太阳刚一露头，良品就拽着目风起床，看着他实在耍赖，干脆将被子全部夺过来："懒虫，起床了！今天都腊月二十五了，我得把被子拆洗一下，不然就邋遢一年了。"目风跳下床，双手环住良品："我不怕冷，我有天然毛裤！"良品开心地笑了，两个人额头顶着额头："你再来件天然毛衣就成猴子了！"良品催促着目风赶紧穿衣服。等把被罩拆下来了，良品盯着露出来的那床被子足足愣了有一分钟，目风走近她问："乖，看什么呢？""这被子……""我奶奶给我带的，这被里被面听说还是她的嫁妆呢！"

红色，耀眼的红色！

花朵，富丽堂皇的花朵！

鸳鸯，情投意合的鸳鸯！

目风有些不知所措："你不喜欢，我们今天就去买一床被子！"良品着急地摇着头，眼里带着泪花，趴在目风肩头：

"没……真的没，想到我们一直用这样的一床被子，我更觉得幸福！"

"噢，我的乖乖如此容易满足呀！好了好了，我带你出去转转吧！"

因为良品坚持将被子拆洗好，等两个人赶到早市时，赶集的人们大多都已经满载而归了。

"有点晚了吧？"良品失望地说。

"这个时候刚好，许多小贩开始降价处理货物了。"金色的太阳将两个人呼出的哈气照耀得几近透明。

"在早市上买菜呢，最好要那些骑自行车驮大筐卖的，那些基本上是自家产的，绿色、健康；其次是那些开三轮车只卖单一菜品的，他们是二道贩子，肯定是从菜农手里直接采来的；那些品种全，用纸箱整齐码放的，基本上就和我们到超市和菜场买的菜一样了，买那些就失去了来早市的意义。"每件事情到了目风这里总能讲出一大堆条条道道来，良品幸福地笑着，目风淘气地哈了一下她冻得发红的小脸。

"讨厌！脸上长斑了就找你！"

"凭什么呀？"

"因为你哈我了！"

"哈一下就长斑呀？"

"可不是吗？"

"谁说的？"

"我妈说的！"

"哈哈！"

"呵呵！"

两个人有说有笑，大半圈下来，冻得良品的牙都开始打战了。一对卖山药的夫妇在一大车上好的山药前忙碌着，良品紧紧地挽着目风的胳膊，跺着脚说："真冷！"那个套着厚厚军大衣的女人瞟了一眼良品说："穿那么点能不冷吗？"什么意思呢？是出于好心的劝告？还是一个女人本能的嫉妒？良品微笑着默不作声。"好好卖吧，卖了咱们买过年的衣服！"也许是怕良品因为这句不中听的话走掉了，那男人对女人说完，冲良品憨憨地笑了笑，表示对顾客的歉意。良品刚刚挑好了，目风就将一件厚厚的军大衣披在她身上，良品很是诧异，目风说："十五元一件！"

"十五？"

"啊！"

良品像捡了个大宝贝一样，把军大衣穿好，将山药递给另一个"军大衣"去称。那个军大衣包裹得像一个球，而良品却像一个稻草人一样，在风中瑟瑟，却开心无比。

家中的变故给尚海带来的转变是显而易见的，好在她还未完全迷醉在原来的环境里，这一切只是加速了她准备"复活"的脚步。人总是需要有希望的，尚海的希望来自那个从未谋面的"雨夜"。在尚海向他流露自己开店的想法后不久，雨夜就称自己的一个朋友在一个高教区刚好有一个门面房要转租。尚海未曾想这件事的真假就决定去看看。以前带朵朵的小阿姨已经被辞退了，为了节省开支。她现在每天将朵朵送到一个私人的保育所看管，然后每天开始奔忙，找项目啊，做调查啊，学经验啊。刚开始的几天，朵朵小黑豆似的双眼从不离开妈妈，只要妈妈不在视线范围之内就开始翻天地哭闹，后来那几个漂亮的保育员就像抢孩子一样从尚海的手里夺过朵朵就走，任她怎么哭也无动于衷。尚海总是红着眼圈跑出来，躲在没人的角落痛哭，她感到的无助，她感到的无奈，也只有她自己知道吧。从懂事起，尚海最大的愿望就是离开那片全家人赖以生存的土地，不像祖辈、父辈那样活着，而如今呢？愿望实现了，她却在经历另一种艰难。前行的路上她是孤独的，孤独得只剩下那个"雨夜"可以依靠。

朵朵开始渐渐习惯了这样的分别，今天居然是很开心地被保育员抱走了。尚海的心情也很好，开店的事情总算有了眉目。要转租的门市原来是个花店，可是高教区的闹市并不是奢华消费的集散地，所以生意很不景气。尚海反复观察、琢磨后，决定接手，只是要增加一个经营项目——冷热饮。要大学生每天消费百十元的鲜花不太可能，但是几块钱的冰激凌总是不可抵御的诱惑。然后将大束的鲜花改成小的插花或单支包装来卖，把通常所用的冷热饮桌椅用秋千的样式代替，不但增加了气氛还节省了空间。雨夜对这个想法大为赞赏，还为店面起好了名字，叫作"香与香"，意思是品出每一缕芳香不同的味道。尚海欣然应允。的确，花香是不变的，变化的是闻香人的感觉；饮品的香甜也是不变的，只是品尝人的心情迥异罢了。

从第一天试营业开始，每天都有一个戴眼镜的男子带一个小男孩来喝奶茶，尚海有些疑惑，于是开始渐渐和那小男孩攀谈："你好啊，小朋友，欢迎再次光临！我们能认识一下吗？"那小男孩像个小大人一样："我爸叫向前，我叫阿冲！"大家都开心地笑了。尚海开始怀疑雨夜并不在这个城市的说法，但她也只限于给阿冲赠送些小礼物，或者和那个向前静静地看着阿冲在店里开心地玩耍。

为了生计吧，三个人聚会的时间变得少之又少，也因为目风的原因，良品和果儿的关系起了微妙的变化。尚海把两个人约到了海边，因为她越来越觉得这份情谊的珍贵。二月的海边空旷而宁静，而当你站在海边时，它的宽阔也总能让人释怀许多不愿释怀的。

良品："果儿，你不恨我吗？"

果儿："徐志摩说过：我将在茫茫人海中寻访我今生唯一之灵魂伴侣。得之，我幸；失之，我命。"

尚海："爱你，是片海，沉沉的黑色是我隐隐的伤痛，藏在心里不想说。"

良品："爱你，是片海，忧郁的蓝色是我透过泪水凝望你的眼神，向你诉说我的不舍。"

果儿："爱你，是片海，纯纯的白色是浪花追吻我们的双脚留下的几多欢笑。呵呵！"

果儿的爽朗和嬉笑打破了沉闷的气氛。春节来临的时候，无论如何都应该开心的，因为生命将要进入下一个篇章！

细密三月，　爱我要做大鸿儒

　　"香与香"开业一段时间了，尚海趁早上不忙的时候清理出一堆废品来卖，她并没有指望卖这些东西能赚上多少钱，只想把店里清扫得干干净净，因为这家小店是她的希望。可是那个满嘴方言全身散发异味，满身的行头都可以证明他是个收废品的人边拾掇，嘴里边叨叨着："哎，这个不值钱啊！""这个，这个现在最多一毛五俩。""嗝，嗝，瞧瞧这纸箱都湿了，卖不上价了。"

　　刚开始尚海不在意，有人要就让他收去呗，于是说："你看着收吧，最后帮我把你不要的垃圾收走就行了。"

　　谁知那人开始变本加厉地无休止地数落。尚海抬起头来，刚好看见那满嘴的黄牙，一股怒火上来，对那人说："放下！"

　　那人没反应过来，尚海提高了嗓门："放下！"那人满嘴喷着唾沫星子："我捡了半天，你怎么说不卖就不卖了？"

"不卖了，请你离开！"

那人像块甩不掉的狗皮膏药，喋喋不休。

"人家不愿意卖了你就走吧！"不知什么时候向前已经站在尚海面前，收废品的见了他悻悻地走了。

尚海红着脸："这个人真气人！"

"你跟他生什么气，卖就卖了吧！"

"不卖！"尚海斩钉截铁地说，这个语气把两个人都逗乐了。

"是你的风格。"

"真不知道他老婆怎么过！"尚海意识到这句话听起来更可笑了，于是两个人又不约而同地笑得更大声了。

每一次相见，都充满期待；每一次相见，都充满欣喜；每一次相见，目风都会出现在良品张望的相反方向。一个可以纪念的日子，对于两个相爱的人来说意义久远而深长，有谁忍心舍弃？一个淡淡的笑颜，还分明带着昨日的缠绵，弥散在他的嘴角、眉梢，迷离了两个人尚且保持的距离。天色随着两个人的脚步一步步暗下来，手与手握紧了，感受着对方的爱恋。三月的风张狂但是柔和，吹到脸上清清爽爽，吸进肺里痛痛快快，招摇着良品的长发，也包裹着两个人的快乐。

良品深挽着目风的胳膊，只想静静地享受在一起的每时每刻。目风开始热情洋溢地跟她讲述他认为良品应该知道的每一件事情，良品间或把下颌抵在目风的胳膊上，看着他的表情认真倾听，或将头靠在他坚实的臂膀上轻轻微笑。如果两个人可以就这样走下去，该多好啊！

"良品！良品！"连着几声呼喊，良品和目风才转回头，是尚海在叫。

两个人相互对视了一下，看看"香与香"的牌子，再望望前方的路，不禁哈哈大笑，赶紧返回头。怎么就走过了呢？没感觉这么快就到了呀。

良品觉得不好意思，又觉得好笑，忙不迭地上前拉住尚海道歉。

尚海嘴里责怪着，脸上却分外亲切："我眼睁睁地瞅着你们俩走过了。"

"哈，他是我的大鸿儒，上知天文，下知地理，我求知欲如此之强，你可不应该责备的。"

尚海跟目风倒是有些拘谨的，相互打了个招呼，尚海又问："说吧，想吃什么？"

"当然是大桶冰激凌！"

"嗯，我看还是来杯热饮吧！你胃老不舒服，不能着凉！"目风说。

尚海将拿着冰激凌的手又迅速地放下了："也好！尝尝我亲自调配的绿茶！"

两个人转身，才发现向前还坐在那里。

良品："还有客人呀？"

尚海忙上前介绍："呵，熟客了，向前。这是我的好朋友，良品、目风。"

向前又解释说："这里安静，我喜欢过来坐坐。"

话越说起来越觉得手足无措，尚海又问："嗯……两位要什么花？"

目风用询问的眼神看着良品："要不来支玫瑰吧！我……我好像还真没送过你花呢！今天真成了'借花献佛'了，呵呵！"

"红玫瑰……白玫瑰……没听张爱玲说吗？红玫瑰是墙上的蚊子血，白玫瑰是身上的饭粘子。我不想要这玫瑰样的爱情，我看还是要勿忘我吧！"

四个人一边说笑一边落了座，目风没话找话地说："您是做什么工作的？"

向前说："噢，外科医生，烟酒不沾，所以唯一能消遣的就是这里了。我也喜欢这里的环境！你呢？"

"我还在读研，空闲时间在酒吧跑场子。"

　　良品的电话忽然响了："喂，你好！……大伯……好……好，您待在那别动，我们马上就到……对，对，我们在一起呢！"

　　三个人将注意力全部集中到良品身上，良品拽着目风边向外走边跟尚海说："我全贵伯在火车站呢，咱们赶紧去一下吧！"

　　"我爹？怎么事先都没说一声呢？"

　　"你的手机接不通，王红烈的关机。"

　　尚海连忙掏出手机检查："糟糕！没电了！"

　　向前说："别管了，我开车先带你们去接人！"

　　老人的突然而至给尚海增添了许多忐忑和不安。尚海急急地在广场上搜寻着老人的身影，见了面也只是大声地喊了一声："爹！"父亲微笑地应了一声就算是见了面。传统的农耕民族在表达爱意的时候就像那片农田一样静默，父亲的慈爱和威严也总是像山一样伟岸，不消说，但是有分量。

　　"俺娘咋没来？"

　　"进了城她转向，心里憋屈，非差我来看看你们。过年的时候家里冷，朵朵回不去，她念叨到现在。今年夏天了我到河滩多拖些坯，晒得干干的，秋天重新盘一个大火炕，再多砍些荆条，朵朵也就一岁多了，回去再冷也不怕了，呵呵！"

尚海只觉得眼前模糊，连应也不敢应，忙着低头提东西。良品也使劲挑了挑眉毛，感觉到泪水在眼里打转："全贵伯，俺爹妈可好？"

"品啊！好……好！我今早来的时候你爹把东边子那块地早种上了呢！咦？果儿呢？"

尚海忙说："她到青岛集训去了，一门心思地想着奥运呢！"

老人慨叹地说："那敢情好！奥运会那是多大的事啊！敢情好！"

上了车，老人又看了看向前和目风，良品看出他的意思，说："王红烈单位有事，他们是我朋友。"

向前和目风都回头笑了笑，接着叫了声"伯伯"。老人说："都是读书人吧？"四个人全笑了，齐声答："读书人，读书人！"

"朵朵让她奶奶带着呢？"

"啊！朵朵！"尚海和良品同时尖叫起来，把其他三个人吓得一惊，"保育所，保育所！掉头，保育所！"尚海和良品哈哈地笑着。

朵朵已经熟睡，小脸红扑扑的，老人看了又看，喜欢得很，嘴里却只一直说："跟你小时候一样。"

到了家，良品抱着朵朵，目风提着东西把老人送进屋。向前跟尚海说："明天会诊，我就不进去了。"尚海微微探身，本想向车窗里的向前说声谢谢，但话一出口却是："路上小心！"

尚海前脚刚一进门，王红烈就开门进屋了："刚才那人是谁？"尚海还没来得及反应，安顿好朵朵的良品边从卧室出来边说："我朋友，我让他帮我接全贵伯了。"王红烈的脸阴转晴，跟老人打着招呼，他怕良品和果儿就像姐夫怕小姨子一样。

在洗手间尚海偷偷地和良品说："别说我开店，说我还教学呢！"

良品点着头："知道。"

王红烈像被踩到尾巴一样惊叫："快洗洗，快洗洗！"就把老人像领孩子一样领进了洗手间。老人也像犯了错一样对尚海说："土豆没出好，我早晨拨了拨才来，没洗手！"

尚海努力笑着说："爹，没事！怪我！"又详细将洗手间的用具给老人讲了讲才出来。到了朵朵的小床边，良品问："老人在这行吗？不行，我想办法。"尚海说："说什么呢？我爹到我家了，有什么不行的。"

良品和目风要走了，老人急忙将那些编织袋打开，拿出许多红豆呀、小米啦、柿饼之类的东西给她。良品说不要，老人说："这都是你父母嘱咐好的，我明一早就走！"良品笑着收好，才起身告辞。

尚海给老人做了一大碗鸡蛋面。老人吃得很开心，边吃边跟尚海说着村子里的一些事，谁家做什么致富了，谁家闺女出嫁了，谁已经去世了。尚海脑子里都是那些人小时候或者活着的时候的样子。王红烈昏昏欲睡，却并不能打扰父女间的谈话。

一大早，尚海被防盗门的咔咔声吵醒，老人站在门前。尚海忙问："爹，你要干什么？"

"我下去遛个弯。"

"您就睡了四个小时。"

"人老了哪那么多觉。"

尚海把门的各个保险打开，像放出一只小鸟一样把老人送了出去。约半个小时的时间老人回来了，边喝粥边说："这的面还真贵！早知道我给你们带一袋来，能吃一车子呢！"

王红烈喝着牛奶说："别，别，我们吃就吃带'QS'标志的。"

老人憨憨地笑着说"好"，然后就让尚海送他去车站。尚海知道是怎么也留不住的，说"知道了"。王红烈也在留，老人说地里的活忙不开。

到了检票口，老人只对尚海说了句："你们仨要是想家了就回去!”就涌入人流中。在这个站口,尚海看到无数个和父亲背影一样的人,都很匆忙,只是不知道是否全是归家的……泪水开始决堤。

良品来了,提着大包小包的东西。尚海问:“大鸿儒是什么样的?”

良品答:“有情义,有担当,一身傲骨自立自强!”

尚海说:“好好珍惜你的大鸿儒!”

良品重重地点头。

我在四月遇见我自己

　　恍惚间闯入一个轻歌曼舞的季节，朵朵大概透过那层红纱巾感受到了色彩的奥妙，在自行车后座上手舞足蹈，和迎面飞来的飞絮玩耍着，小屁股一颠一颠的，引得尚海又是开心又是担心："宝贝坐好了，不许动了啊！一会摔着了！"

　　暖暖的空气中夹着甜甜的花香，那是梧桐和春天的情谊。也许只有这一个季节可以包容一种长长久久的爱，不会褪色，不会消失，每每再来时，还是一样和谐，一样幸福。如果不做女人就生长成为一株梧桐吧！高大、挺拔，拥有自己的姿态；淡紫色的花朵沉静、恬淡，甚至有些守旧，却成串成串地堆满枝头，感受自己可以感知的快乐。"一花一世界，一树一菩提"，有谁又可以成为谁的世界，谁又可以成为让心底静谧的菩提。

　　"生命总是如此顽强而又茫然！"尚海在心底冒出一句话。

路过马路边的垃圾桶，一个全身脏污的女人正在认真地翻找着里边尚可捡拾的东西，头险些就钻进去了，她却全然不觉，不时用手里的棍子挑拨着。再往前走是一家美容院，打扮入时的各个"美容顾问"手里拿着卡片，冲着每一个路过的女人喊："美女，美女，丰胸、塑身七天见效，免费体验啦！"对于这些女人你要不愠不火，最好的办法是视而不见，瞄都不能瞄上一眼的。转个弯是家高档酒店，进出的女人奢华、漂亮。

尚海经常这样将看在眼里的东西过脑又过心，突地一下让自己莫名增添几分忧虑，似这春末的北方天气，灰暗而干燥，如果有泪也会因这心底的干涸而久久不会落下。

到了店门口了，朵朵忽然哭了起来，尚海慌忙下车查看，却发现果儿没精打采地坐在台阶上。

"回来了？"尚海大声叫着果儿。

"朵朵怎么了？"果儿斜挎个大包跑过来。

"可能咬手了。"尚海边吹着朵朵的小手边说。

"小馋猫，是不是妈妈不疼你呀？来小妈妈抱！"

朵朵的小脸上挂着泪，好像并不认识地盯着果儿看。

"开始长牙了，老是把手放嘴里。"

"唉！朵朵都这么大了，我前方的路仍然不清晰。"果儿把朵朵抱在腿上说，"我又失败了，再没机会了！"

"呵呵，我们谁也没指望你能被张艺谋选上呀！"尚海不屑地说。

"可是我是希望能遇到我生命中的贵人的，要不怎么可能有出头之日呢？"

"我们都没这样希望你，所以现在失望的是你自己。"

"你们一点儿都不关心我！"

"女人这一辈子呀，想遇到贵人，遇到最爱的人，遇到能托付终身的人，遇到谁也不如遇到自己！"

"遇到自己？"果儿开始认真。

"是呀！遇到自己！看清自己是个什么样的人，想清自己要做个什么样的人，然后，尊重自己。你够努力了，没必要非把自己推到风口浪尖上。"

果儿望着窗外，默念着："打击中……"一会儿又回过头来冲尚海做鬼脸，"接受中……哈哈，你们两个家庭主妇呀……满脑子谬论！我的新生希望就是——朵朵！小妈妈是不行了，就看你的了！"

尚海接过朵朵，也嬉笑着说："你敢！"

"怎么？你不信？"果儿说着开始翩翩起舞，直跳得尚海和朵朵都开心地笑起来。果儿边跳边说："你看！你看！她喜欢不？"

随着年龄的增长，你能感受一个时代的逝去，它不再属于你，而自己拥有时却那么懵懂。人们总是说寻求自己的另一半，细细想来，如果不爱他，自己是一定不能接受的，所以我们真正在寻觅的是自己，所以应该变得越来越无求。其实没有哪个人能理解，这是女人爱到深处的寂寞。

一个女人为一个男人舍弃高跟鞋，她所拿掉的又岂仅仅是一种姿态……

在公交早班车上能找到一个空位是件挺幸福的事。耳机里的音乐隔绝了喧闹，良品不再会因为走走停停而晕车，而是适应了这摇摇晃晃的视线里各色各样的人们奔波的身影。她照例要到宝雅斋吃早点，通常在这个时间戏台上上演的总是《贵妃醉酒》，大有佳人夜半久醉未归之势！戏子的行头华美、富丽，却总是透着挡也挡不住的凄美。走廊里的一张张脸谱，油彩艳丽，层次分明，注视着来来往往的人们，良品总是在心里和它们一一打着招呼。谁又知道谁今晨将为自己勾勒一个什么样的脸谱示人呢？在哪张脸谱下才是一个真实的自己呢？戴上面具你失去的是自己，摘下面具你失去的是整个世界！

游走在五月的指纹里

出站口人头攒动，却始终没有良品期许的那个人出现。她眼里一边紧盯，心里默默地告诉自己：不是……不是……还不是！于是迅速发出一条短消息：到没？再不到你就原路返回吧！屏幕闪动一条回复：站在那别动！再动我就开枪了！

良品仍在张望的时候，一个声音在耳后响起："别动！再动我就开枪了！"她不知道目风是怎么站到她身后的。和目风在一起总是幸福，彼此眼中是对方灿若桃花的笑脸。

在良品眼里，目风是个"宁可食无肉，不可居无竹"的儒雅之士，但他总认为自己不够有知、不够博识而不敢养竹。而良品多么希望做那个能给他润笔研墨，与他推窗看雪、酌酒赏竹的清清女子呀！

习惯性地她在右，他在左，这给了良品想要的安全感，心里、眼里都是想让他抱抱的冲动。街心花园的灌溉喷淋扫过来，目风已将她拥入怀中，那感觉和水雾洒在脸上一样温暖。

用餐的时候就一定是她在左，他在右，因为只有目风知道良品什么时候需要什么菜品。

"这次跟导师可没有白出去，收获不小！"目风吃饭的样子都带着兴奋。

良品微笑地看着他，甚至忘记了咀嚼："还要多长时间结束啊？"

"噢！进展好的话应该到月底了！"

"嗯……留在研究室的事跟导师沟通得怎么样了？"

"这件事啊……"目风露出很不好意思的表情，"其实我还是想出去闯一闯。"

良品有些急了："我知道你的想法很多，但是好多事情不是你想象的那样。如果在研究室，除了积累经验，你还可以通过导师延展你的人脉，到时候实现理想是可以走捷径！"

"我知道了！吃饭吧！"目风边说边笑着夹菜给良品。

良品的表情几近祈求，她不知道用什么样的语言才能够说服目风。

"好好好！我去说！我去说！你吃饭！"

良品咬着筷子，胜利一样地朝着目风微笑，目风则冲她撇了撇嘴角。

　　午后，她在右，他在左，这时候目风坚实的右臂就是良品温暖的依靠。两杯融融的咖啡和一个懒懒的太阳，再就是令良品无限迷恋的目风的声音，两个人谈理想，谈未来，谈小时候乌七八糟的怪事。良品愿意就这样和目风蜗居着，目风习惯把良品揽在怀里，而良品也喜欢缠着目风安睡。

　　当两个人又站在站台上时，她在右，他在左。"我不想让你走！""那我就不走。"如果目风找些离开的理由或许良品还可以撒撒娇，可是他不会，于是列车准时准点到达，目风如期离去。没有留下凄凄的惜别，也没有留下海枯石烂的誓言，留下的只有萦绕于心的温暖。

　　五月的天气，室外已经感觉到了温热，催发得生命急骤地活跃起来。良品办公室的那十来枝观音竹也正努着劲地生长。心底里爱着一个人，两个人朝着一个方向努力，即使是困境都会变得愉快。良品的手指飞快地在键盘上操作着，忽然感到一阵眩晕，椅子都坐不住了。她用手抵住桌子，紧闭双眼，整个世界都在脑子里顺时针飞转，办公室外不知道谁喊了一声"地震了！"就开始喧闹。良品本能地抬起头看那盏吊灯，没错！灯在晃！当她意识到这将是一场灾难的时候，急急地走出办公室，对大厅里的人喊："都别动！马上分散到屋角，脚步要轻！"一双双惊恐的眼睛相互碰撞着。楼道内也开始有些骚乱了，有些员工也想冲出去，良品坚定地看着他们："听我的！真有事，你出去马上被踩死！"仅有一两分钟的时间吧，空气都凝固了一样，电脑上弹出一则新闻，良品迅速查看：2008 年 5 月 12 日 14 点 28 分 04 秒，四川汶川发生大地震。

"真的地震了！震中在四川的汶川，离我们很远！"办公室里是新一轮骚动，人们开始打电话，查看消息。良品又开始眩晕，脑子像装了一个时钟，时针、分针、秒针仍是飞速地旋转，顺时针旋转！脸上、手上、脚上的血液都在随着心跳的加速回收，回收……收到感觉肢体开始发凉。人们在呼喊她，她却怎么也不能控制自己，但是仍能听到大家要送她去医院。她不能动，但意识清醒，只能用手轻轻地挥动，让大家不要动。慌作一团的人们又开始打电话，好像还有人找到一块广告牌，吵嚷着将良品抬着向外走。她现在的方向感很强，谁的步调不一致，她都能真切地感受到，这加速了她的眩晕和呕吐感！

感受到阳光了，她使劲地想睁开眼，但是她做不到。应该是快死了吧！如果就这样安详地死去倒也并不遗憾。仅存的一点意识像一扇即将关闭的门渐渐变窄……变窄……变得没有缝隙。

"良品！良品！醒一醒！"良品像被招魂一样招了回来，她小声地答应着那个陌生的声音。

"你叫什么名字?"

"良品……我睁不开眼睛!"

"嗯，睁不开就闭着吧!"

呵呵! 是啊! 睁不开可不就得闭着嘛!

她闻到医院的味道，应该是那些护士在七手八脚地解她的衣扣。她想制止，但她还是动不了，算了吧! 快死的人，哪还能在乎这些!

那个护士又开始大声地说："你没事啊! 医生初步诊断为美尼尔氏综合征。"

"美尼尔?" 名字很好听!

"为什么得这种病啊?"

"造成这种病的原因有很多，一般认为劳累和精神紧张会引发这种病，一般接受简单的治疗就可以康复，有些人静卧一会儿也能自愈。" 良品心里踏实了许多，身上被插了好多线和管子。

"良品年龄。"

"三十岁。"

"是吗? 看不出来啊! 保养得很好啊!" 良品笑了起来，真是站着说话不腰疼，都什么时候了，还这样打趣!

护士也笑了起来："嗯! 保持心情舒畅!"

有人用小锤子在她的脚上、腿上敲，然后说："良品，你现在感觉怎么样？"

"好多了！"

"那你慢慢地试着睁开眼睛，看我的手，这是几？"

"三。"

没有看清那个护士的脸，护士就迅速转身汇报："意识清楚。"

又一个护士过来："你先吸一会儿氧，因为是急诊，做完心电图我们优先给你做个 CT，抽个血进行常规化验，你自己可以试着做一些动作，但一定要轻缓。"

良品被转到病房后，尚海和果儿焦急地等在那。"我没事！汶川地震了！很严重！给家里打电话了吗？"果儿说："打了！家里一点震感都没有，你好好养病吧！"良品拿过手机，一个消息也没有，目风应该也没有感觉到吧，那就更不能打扰他了。

良品休息了两天就再也躺不住了，所有关于汶川地震的消息牵动着周围每个人的心。她急急地回到公司，所有人的眼神都透着一种凝聚力，大家能做的就是捐款、捐物，在网上发帖，鼓励每一个中国人坚强，要有信心！

有人开始追问良品那天为什么会那么沉着，良品说上学的时候就经历过一次类似的情况，教室的灯晃起来，那个胖胖的女教师将粉笔一扔就向外跑，是班里几个年龄稍长的男生把大家疏散了。从此，良品的高等数学跟着那个胖老师的身影一起毁灭了。

全国默哀日那天，良品和尚海见怎么也劝阻不了果儿，就只能送别她赶赴抗震救灾第一线了，当所有的警报、汽笛拉响时，除了告慰那些离去的人们一路走好外，她们更多的是祈祷果儿能够顺利、平安。

尚海在自己的"香与香"里搞了个小小的募捐活动，人们空前高涨的激情掀起了一个高潮，也就自此尚海再无宁日，小区的、街道的、管理处的都来号召捐款。

良品也并不轻松多少，参加各个职能部门组织的动员大会，除了捐款、捐物，还捐灾民安置房的筹备款。

甚至于王红烈也开始抱怨，部门捐了局里捐，局里捐了党组织捐，有的甚至只告知了一声就直接从工资里扣除了。

像良品这样感知过死亡气息的人想：只要保证这些善款真正全额抵达灾区，那捐就捐了吧！

我那过去的过不去的六月

　　爱情都容得下什么又容不下什么呢？爱情容得下共进烛光晚餐，却容不下满桌狼藉；容得下甜言蜜语，却容不下拉屎放屁；恋爱时只说憧憬着有了爱情的结晶会多么幸福，当那结晶呱呱坠地时就只有是男是女的追问。两个人也许会说不图别的，只想拥有一个尚且殷实的小家，哪怕开个小店也好，当真的到了那个境地，女人只看到一个每天将东西搬来搬去的男人，哪里还有公主和王子的浪漫。女人的心又永远都是水做的，不允许就此尘埃满地，无声无息。

　　像人类随时可能泯灭良知一样，心底最原始的私欲也会被不经意地唤起，即使是面对一份刻骨的情感。每个人不可能永远戴着那张伪善的面具，有时候仅仅是对方占用洗手间的时间过长这样的小事，就会引起一方心底的憎恶感；而当他以你梳落的长发留在了雪白的洗手池上作为报复依据时，两个人将围绕着"爱与不爱"展开一场激烈的战争。于是，所有过去的过不去的都让它成为过去，有胆量倔强的女人也有胆量坚强。

尚海从保育所里接回朵朵。虽然已经是晚上九点多了，可是小孩子仍然没有要睡的意思。天气开始变得炎热，尚海把朵朵放在浴室里耍水，自己也只穿了内衣开始在朵朵的视线范围内清理卫生。一会儿工夫，朵朵就将玩具扔了一地，尚海赶紧跑过来拾，朵朵却忽然淘气地用沙滩铲泼了尚海一身水。尚海惊叫了一声，朵朵咯咯地笑起来，于是母女两个开心地闹了起来。

王红烈依旧像霜打的茄子似的，回了家就把自己扔在沙发上。尚海手里拿着拖把，瞟了一眼王红烈说："怎么不换鞋？把鞋换了去……你换不换？"王红烈眯着双眼、腆着肚子的样子实在让人心生厌恶，再加上那种蔑视的眼神，尚海无法想象他们为什么会变成这个样子。两个人争吵到了顶点，王红烈脱下鞋就朝着尚海扔了过来，一只拍在雪白的墙壁，留下个清晰的印痕；一只打在凉杯上，清脆的玻璃破碎声撕扯着紧张的气氛。尚海将所有的碎玻璃全部倒进垃圾桶，连着那两只鞋子一起扔了出去，王红烈随后摔门而去。没有一点新意的结局照老规矩上演。尚海只记得小时候总是看见谁家媳妇在婆家吵了架，哭哭啼啼找爹娘或者哥哥回去理论，这下轮到自己身上了，王红烈总要叫着他妈撑腰呢，这在他爸去世后尤为突显。两个人的事情为什么不能两个人解决？这个做了父亲的男人，仍然未过断奶期！

　　尚海抱起咿咿呀呀的朵朵到卧室，准备给她喂奶睡觉，拿凉杯晾水时才再次提醒自己刚刚已经打碎了，碎了的东西再无法找回了。到厨房拿了只海碗，刚刚倒好水朵朵就等不及地开始哭闹。尚海一转身，一大碗开水扣下来，把肚皮和右臂烫得生疼。尚海尖叫了一声，朵朵也被吓着了，哭声停了两秒，随后就又开始更大声地哭闹。尚海顾不上疼痛，过来抱朵朵，右臂和腹部被烫得通红，抱也抱不了。尚海只好再去厨房拿了两个碗，回来将热水倒了倒，冲好奶粉，将奶瓶塞进朵朵嘴里。小家伙立刻不哭了，眼睛想睁也睁不开的样子。尚海依旧对孩子微笑着说："妈妈的宝宝睡吧！"朵朵忽闪了两下眼睛就睡着了，奶瓶里还剩着大半瓶奶。"她准是没吃饱就睡了！"尚海这样想着，眼里就湿湿的，心里充满了自责。这样一番下来，朵朵的小脑袋瓜上已经全是汗水，尚海烫伤的部位也开始灼灼地痛。家里没有药膏，又不肯离开朵朵半步，她就只拿来牙膏涂上，不那么痛了，凉凉的。四周终于安静下来，一天的嘈杂终于可以告一段落。

　　第二天一早，尚海在皮肤灼灼的疼痛中醒来，感觉内裤湿湿的，坐起身才发现朵朵早就自己抱着小熊玩了起来，可是床上已经被尿了三大片。她自己居然知道挪地方，尚海哭笑不得，可是心中仍被朵朵的乖巧感动着。这就是她的动力，让她有着上了发条一样的干劲。起床、洗澡、做饭、洗衣、做家务，继续在伤口涂上牙膏，穿了件长衫，找出好久不用的背袋，将朵朵背在身后就出了门。阳台上大大小小的衣服，花花绿绿的床单，滴滴答答地落着水，这也是生活奏响的一个女人的永远没有结尾的篇章！

今天是星期六，尚海的店里忙得不可开交。学校要放假了，都是依依惜别的景象，而对于即将毕业的这一届来讲，这个六月还真可能是生死离别呢！也就在五年前，尚海、良品、果儿都在这样一个年纪做了自己人生中最重要的决定，决定不一样，道路曲折程度不一样，而结果却雷同．好像绕了一大圈，三个人仍回到了原点。原点也许还称得上原点，自己却再不是出发时的自己了。

最近一段时间，尚海她娘总是时不时地来电话。以前都是她打回家的，可最近老太太甚至有时候下午打了晚上还会打过来，每次也总是问热不热、累不累，朵朵好不好、长大了没。今天上午打急了尚海，她接通电话就说："哎呀，娘！我热不着，也不累，朵朵好着呢！今年过年我一定回家，现在在忙，有时间打给你啊！"说完就挂了电话。

中午的时候看着窗外烈日炎炎，尚海却感觉全身发冷。傍晚的时候，向前来了，刚打完球过来，红光满面的，一眼望见尚海，表情忽然严肃起来："脸色这么难看！病了吗?"

"没有啊！"尚海很在乎向前看自己时的表情，是不是忙了一天，自己很难看啊？在镜子前一照，自己也吓了一跳，脸上没有了血色，蜡黄蜡黄的。

向前一再地追问着，尚海才说："要不你帮我买些烫伤膏和退烧药吧！"

"烫伤？哪烫伤了？烫成什么样?"

"没事！就是红了，没起泡！"

"我看看！"

尚海犹豫着，向前急了："哎呀，我是医生，你现在是病人！"尚海挽起袖子，牙膏和着汗水把烫伤的小臂模糊成一片，伤口红肿发炎了。

向前一看就急了："这么热的天，烫成这样怎么能用牙膏呢！"拉着尚海就向外走。

"哎呀，一会儿店里就要上人了！"

"损失的钱我来补！"

向前一边开车一边给一个护士打电话，要她准备各种药品。尚海说："就在附近诊所看看吧，不去你那了！"向前板着脸，看也不看她一眼，就好像真的生气了。

到了向前的诊室，一个护士将准备好的药品端进来："徐医生，您烫着了？严重不？今天超忙，没准半夜里还得叫您，您可要注意身体啊！"

"谢谢你，小郭。我自己来吧！"护士看到向前严肃的表情，悄悄地离开了。

"坐在那，把袖子撸上去！"这时候他真的是一个很称职的医生呢！

"可不可以到屏风后面！"尚海怯怯地说。

"呵，你还挺麻烦！现在叫我徐医生！"向前的表情终于缓和了下来。

两个人走到屏风后面，尚海轻轻地拉起衣服："这里还有。"

向前用镊子夹起的药棉掉了下去，尚海看不清口罩后面他的脸，但是那双眼睛已经积聚了怒火："谁干的？你告诉我谁干的？"

尚海惊恐地摇头："没……没有……我自己……不小心，给朵朵冲奶来着！"

"真的？"

"是真的!"

向前无可奈何:"到床上去!真是笨啊!"

女人是有人疼了才知道疼自己的。尚海把脸转向窗外,向前一边处理伤口一边问她疼不疼,她不回答,只是摇头。

向前将那些残余的牙膏清理干净,尚海已经睡着了,就连输液扎针时,她也只是皱了皱眉头,没有睁眼。饱足的安全感给了这个女人无与伦比的舒坦,这才是真正的宁静港湾吧!尚海额头有一缕散发,向前试了又试才轻轻地帮她理好。

尚海忽觉一阵奇痒,刚想用手去抓就被向前一下拦住了。尚海惊醒了:"哎!你要吓死我呀?痒死了。"

"不能抓,会感染的。"

尚海无可奈何,又想哭又想笑地申请着:"我就隔着纱布,轻轻地。这痒还不如痛呢,多大的痛都可以忍啊!"

"以后要保护自己,别什么都不放心上。"

"遵命!徐医生!"

"呵呵,走吧,生病都是给别人生的……"

医院里弥散着讨厌的来苏水的味道,尚海却深吸了一口,好像许久以来积累的困乏都得到了大大的缓解——如释重负。

尚海放心不下店里,仍想回去看看,刚从向前车上下来,王红烈就出现在面前:"口口声声说开店、挣钱,你的店开到哪去了？"

尚海静静地说："走远点！"

"你还跟我来劲是吧？接个电话！"说着王红烈将手机递到尚海耳边，电话那头，尚海她娘哭哭啼啼地说："尚海啊！你可要好好过日子啊，不能干傻事啊……"

尚海的头"嗡"地一下，脑子里一片空白。谁动了朵朵动了她娘就是捅了尚海的心窝，血都涌到了头顶。任何女人当你遭遇了这种婚姻流氓，现在，就在现在，你都将统统没有尊严地认了。曾经不可一世过吧？曾经骄傲过吧？用你的软肋掐了你的尖，看你能如何？把牙咬得咯吱吱响，最后还不是要说求饶的话。人伤人到这种地步，怎么曾经还那样花前月下啊！尚海的心像被在热油锅里翻炒着一样。

"她让你走远点！"向前接了个话茬。

王红烈越加激动起来："我正想找你呢，你还真够男人啊！"

向前一把抓住王红烈的手腕，走出去一段距离，在路灯下争吵了起来。刚开始王红烈还很张扬，几句话下来就蔫了。又过了一会儿，向前跟尚海招了招手就开车离开了，王红烈走到尚海跟前说"我去接朵朵"，也离开了。

一个女人想要金钱，你给她好了，今天没有，明天有了，给了，她一样会高兴；一个女人想要漂亮的东西，你给她好了，今天没给，明天给了，她一样还会开心；可是，一个想要骄傲的女人，无论如何你不能怠慢她心中那团小小火焰，果真动了，休想再能找得回来她。

向前的电话一直打进来，尚海麻木地不知道该接还是不接。

"检查一下店里水电就行了，早点回去吧！他不会为难你的，把那药膏多抹几次，千万不能抓，明天我接你换药。"

"知道了，谢谢你啊！"

"呵呵！晚安！"向前不知道最后这句"谢谢你啊"是警示，是提醒，还是带有一种排他性。

我在七月奔向你， 不爱不成行

太阳是什么颜色的？要滤过光芒才知道。草地是什么颜色的？要闭上双眼才能呼吸得到。爱一个人是什么颜色的？要经历过苦难和分离才能感知得到。羞答答的相遇是粉色的，随后的热烈交往是大红色的。而最后能留下的或许只有灰蒙蒙的暮霭的颜色，让你理不清也看不明。或许是一片深蓝，那段经过虽然优雅却仍旧深远得不能见底。

将近有一个月的时间了，良品没有收到目风的任何音信，刚开始手机通了没人接，再后来就是无法接通，最后就一直关机。能打听到的消息也只说是回家了。回家了为什么不能说一声？发个短信也好。回家了为什么就可以这样忘记一个等在原地的人？好多为什么压在良品的心底，乱糟糟的。良品焦急过，发狂过，最后还是平静地接受了。

香芋和提子味的冰激凌吃起来能满足女性的味觉。那种香香腻腻的甜蜜总是到了极致才足够好，甜的成分太重又会很容易化掉，不再冰爽。良品拿着小勺在杯子里打圈圈，尚海一边劝慰："男人和女人的想法总是不一样的。不要说那些军人啊、勇士啊，上了战场不要命，就连那些诗人、学者发起感慨来也不管不顾的呢！呵呵！这样的男人好，不小家子气。"

"我只是担心他的安全，真不知道他怎么想的！"

"看过那则经典的男女日记对比吗？"

"什么？"

"一个女的在日记里记录了这一天和男人发生的流水账一样的生活，发现男的对自己有些不太细心，就断定那男人不爱自己了，可能有了第三者什么的，最后又是泪水打湿了枕头，再枕着男人的名字入眠。多惆怅啊！你猜那男人写的什么！"

"什么？"

"意大利今天竟然输了！"

"哈哈！"

"哈哈！"

两个人开心地笑了起来，笑过，仍然是各怀心事。良品挑了挑眉："有果儿的消息吗？也不知道她怎么样了，什么时候回来呀？"

"总是说不上两句就断了，不过看样子挺充实的，这一去可真有她受的。"

"哎，那个徐向前怎么样？"

问得尚海一惊："什么怎么样？"

"他对你挺好的，不如就此改换了门庭吧？"

"死丫头，你胡说什么！"

"我没胡说。你看清了王红烈的庐山真面目，你觉得他还会戴回那个伪善的面具吗？狼如果不再夹着尾巴了，说明他已经不把你放在眼里了。"

"如果男人是狼，那结果都是一样的，所以我为什么要在另一个男人身上印证他是下一个王红烈、李红烈或者其他什么红烈呢？"

"我去找目风！"良品沉静地说。

"你找他干什么？这大热的天，好几百里地，再说人生地不熟的，你疯了？"

"你说得对，我到底要看看他是什么红烈。"

"哎呀，你怎么净瞎搅和呀？这都哪儿跟哪儿呀？你乖乖地等等他吧！"

两个人争执不下的时候，王红烈进来了："马上要到奥运会了，局里为确保安全，要求我们轮流值班，我最近会挺忙的。"

良品气不过，说："你什么时候顾过家啊？"

王红烈皮笑肉不笑地笑了笑："呵呵！噢，对了，那个徐医生是老顾客了啊！你看能不能跟李市长那给我递个话？我也该往上挪动挪动了，也……"

"你别见缝插针了，他就是一个医生，怎么能打通市长呢？"尚海厌恶地打断了王红烈的话。

"哎？你可别不当真啊，上次有人恐吓你那事就是他摆平的。"

尚海一惊，王红烈瞥了她一眼，无趣地走了。

尚海的心里不知道是什么滋味。她跟王红烈像完全不能互通的两种人，互相怎么解释，怎么讲，最后还是你做你的，我做我的；而现在在向前面前，她像是被人暗中窥视，赤裸裸地被曝光，被掌控。

良品终于还是踏上了"征途"。一段未知的寻找，一个难以揣测的答案。从车窗吹进来清晨的风，衬着她无限向往的心情。一路上转乘、赶车，她却一点儿也不觉得辛苦。上次目风回来，像王者归来一样，被他拥在怀里的感觉很踏实，良品还曾调皮地说："恭迎圣驾！"

目风坏笑道："本王要犒赏三军，大宴群臣！"

良品呵呵地笑起来："大王万万不可，使不得，使不得呀！"

"违令者，后果自负！"

"你这个昏君！"

良品仍然沉浸在美好的回忆里，嘴角还圭着那时的甜蜜。为什么幸福转瞬即逝，而且这样快地没有了踪影。

卖票的开始叫她："就从这下车，右拐！"

在田间小路上，良品向一个中年妇女问路。顺着她手指的方向，良品依稀能看到目风的家了，心里不免开始有些忐忑不安。

良品渐渐走远了，那个中年妇女拦住迎面走来的一个干瘦的老人："嫂子，看见那个打伞的姑娘了吗？找你家儿子的！"

那老人深望了一眼良品的背影："你指给她了？"

"啊！我怕她走错了，让她走的大路！"

老人话也没回，慌慌张张地往回走。

一段路程走得良品嗓子里冒了烟，额头上汗津津的。走到村口第三家，门开着，良品正犹豫，见一个有些上了岁数的女人匆匆从外面走过来，"咣"一声把门关上了。良品很是意外："您好！这里是目风家吗？"

"他不在！以后你不要缠着我儿子了！"

"阿姨，我只听说他家里人病了，我来看看！"

"你的身世，一个姓王的老板都跟我说了，你再缠着我儿子就是要逼死我！"

　　这句话像一盆凉水泼过来，呛得良品半天没喘过气来。她扶着院墙，一下子全明白了，说了声"对不起"，把几盒礼品悄悄地放在门口，就像个游魂一样无目的地走了。

　　三天三夜，足够一个女子羽化的时间，从来没有什么事是想不清楚的。即使有，你也必须做出决定。目风母亲的话一遍遍警醒着良品，思念有时会像虫子一样咬噬她的心，唯有那话语会让她清醒。

　　治疗中暑的药非但没有减轻症状，良品的呕吐反而加重了。尿检结果拿出来，尚海就傻在那了。阳性！良品怀孕了！远远地看着那个形单影只的身影，尚海不知道这会是个什么结果，不知道良品那干裂的嘴唇和落寞的双眼会组织一个什么样的表情。

　　"良品，我们得去一下……妇科！"

　　"妇科？"良品吃惊地用手捂住嘴巴，又下意识地抚了一下小腹，"不！我得想一想！"

　　"我叫目风吧！"

　　"不不不！千万不能告诉他！"

　　像个乞丐捧着仅有的一口面包一样，良品仍然要逃，逃去一个无人争抢的地方。回到那个曾经和目风一起的爱巢，只有衣服上还留着他的味道，牙缸里还留着他曾经用过的已经卷了毛的牙刷。

良品："喂！王运良，我是良品，今天晚上七点，我在露台咖啡厅等你，带上我的车钥匙和房本！"

尚海："约他干什么？目风一直在打听你的消息。"

良品："说我很好就行了！我累了！先睡会儿！"

那么红的八月

勇士作战之前是要披挂整齐的，至少要在气势上占了上风。

良品略施了脂粉，以掩饰连日来的沧桑与憔悴，到了约好的咖啡厅，柔和的音乐一下子让人不自觉地拿出应有的高贵感示人。良品脚踩了一双复古式平底鞋，双脚更加真切地感受羊毛地毯带来的自然、亲近。

一年多没见，王运良将原来的三七分改成了大背头，五官硬朗却是一副财大气粗的样子。

"没有迟到吧？"

王运良一开始没有发现良品，被这一句话问得倒是有些慌乱。

"没、没有，我近！"

"回来有两个月了吧？"

"差不多！"王运良微微靠在沙发上，神情淡定了许多，"你最近怎么样？清瘦了许多啊！"

良品笑了笑直奔主题："东西带来了吗？"

"噢，当然！我就知道你得找我，我就喜欢你这聪明劲儿，一点就透！车刚刚验过，房产证上还是你的名字。"王运良边说边凑过身来，"品啊，回来吧，不管怎么样，我还是放不下你。那个小子知道了你的过去，不还是没有了踪影！"

良品抬起眼来，锐声说道："你错了，我小时候是怎么样和父母在田里摸爬着长大的，是怎么样点灯熬夜学习的，是怎么样走出农村来到城市，又是怎么样为适应城市的光鲜而艰难地抉择的，这一切目风都是知道的。我们有相同的成长经历，有同样美好的愿望，就连我和你的那段过去，他也自责地认为，是他努力不够而没能尽早地照顾我，遗失了那么久，他要加倍爱我。当初把车子和房子还给你，也是我们一起的决定。"

"那你为什么又来找我要呢？"

良品长长地叹了口气，望着窗外的世界："说我对你没动过感情是假的，你当初表现出来的成熟、果敢让我有一种崇拜，那种感觉大大满足了我对异性的一种认可。随着时间的推移，我的视野在加宽，在拓展，而你没动，所以，我心不可违！"

"我现在把公司做得很大……"

"王总，请收起您的话，您的这些我不想听。你业务做得再大，有必要把别人的隐私兜售给一个老人吗？让她承受她承受不了的痛苦，你的目的就能达到吗？如果这个世界上的事都是随便说说或者随便要挟一下就能按自己的意志发展，那每个人就都会幸福得没边了。目风需要时间，我相信他会处理好。小时候妈妈就教育我们，做错了事情要赔偿，我现在只是拿回我应得的那部分。你可以告我，我也只是因为取证艰难才选择了自己的方式。你如果再对我和我身边的人做出什么不良举动，就先过了你老婆那一关。再见！"说完，良品起身离座。

"等一下，如果目风不再回来……你怎么办？"

"我就当他走了西口了！"

有些事情辨不得对与错、是与非，只是当事人的一种主观臆想罢了。

八月的清晨是最惬意的时刻，尚海和向前面朝海面，金色的阳光仿佛给人镀了一层金。海滩上有轮椅印，有更多男人的脚印，更多女人和孩子的脚印，错综复杂，朝向分南北。有时候即使是很努力，自己却走不出一个很小的旋涡。

尚海："为什么会帮我？现在想想当时的情况也没有什么大不了的！不知道自己当时为什么会那么恐惧。"

向前："这就是精神障碍的关键所在了！呵呵！"

尚海也笑了："怎么找到关系的？"

向前："没什么，市长老娘的病一直由我来看，递个话而已。我也不是万能的，你不用探寻我什么，我只是能帮就帮！"

尚海的手机忽然响了，是良品："喂，良品，怎么了？"

"我见红了！"良品的语气很不安。

尚海一怔："在床上休息，正好向前在，我们马上过去。"

向前："怎么了？"

尚海："好像是流产！帮我！"

向前："走吧！"

妇产科的诊室里满是人。这个世界真是怪啊，平时走在大街上形形色色的人，都不知道来来往往是在忙什么，到了这种人流集中的地方，这么多人居然都是拥挤不堪地来做同一种事。

中国的人情世故不服都不行，有了向前一切事情都又快又好。那个医生找了个稍微安静的地方说："先兆流产。"

尚海急切地问："要不要紧？"

"孕妇三个月内有没有用过药物或发生其他意外？"

尚海表情紧张地说："中暑！打了点滴！"

"那肯定不行！不要保了，中暑的直接危害是造成胎儿先天性畸形或异常发育，尤其在孕早期。"

尚海懊悔不已："当时不知道啊！"

医生根本不想听这种无谓的辩解："这样啊，徐医生，这个姑娘肯定是头胎，为了减少痛苦，也确保日后生育不受影响，我给你个名片。这是医生的大忌，可不能说啊！"说着塞了个名片在向前手里，边离开边说，"就这样啊，徐医生！"

"好，好，真是麻烦您了！"向前一边跟着寒暄一边送了两步。

良品分开人群，走了出来，看到尚海凝重的表情，眼里不由噙上泪水，问："没有办法了吗？"

尚海说不出话来，拉着她向外走。

向前边走边跟名片上的人联系好了："是一家妇产专科医院。"

尚海点头："先过去看看吧！"

专科医院的医生怎么看怎么像狼外婆，态度和蔼得让人受不了，标准的八颗牙笑容："我们采用的是无痛可视人流，国内最先进的微创技术……"

"主要是对以后生育不会有影响吧？"尚海打断了她的宣传语。

"对呀！我们这里经常接待十几岁的患者。"

尚海打从心里反感，拉着向前出了诊室："我看还是去你们医院吧。"

"这里的仪器肯定是要优于那里，痛苦真的小，这点不用怀疑。"

良品等在那里，像个无助的孩子。尚海走过去，两个人相拥而泣，尚海说："良品，听话，这孩子来得真的不是时候。"

良品咬了咬牙，跟着护士走进那个长长的走廊。粉红色，为什么是粉红色！女人从小女孩时就奉为高尚的颜色居然被用到这里，粉红色的墙壁，粉红色的护士帽，粉红色的护士服……粉红色的花朵。

良品感觉自己不再是自己，甚至不再是个人，而是件产品，被抛到流水线上的产品，检查、消毒、雾化理疗……一道道工序进行着。是什么摧毁了一个女人？是逝去的青春吗？不是！是迎头痛击的苦难吗？不是！是尊严的流失！当一个女人经历流产、生产、妇科疾病，不断地被抛到这个流水线上时，心里的伤痛远远大于身体的创伤，而且，不可愈合。

麻醉剂顺着左手的静脉一滴滴流进身体，良品感觉到胀胀的疼痛，疼痛顺着手向手臂蔓延。一个"疼"字刚刚说出口，护士用手安抚了一下她的头，她就完全进入了梦境。梦里她看到目风，她还跟他撒着娇："小哥，你知道吗？小女子左想右想，想了好些天，仍然想不明白，而且越想越伤心！"说着故做了掩面而泣的样子，"小哥在时称小女子会将自己胳膊压到无知觉而拒绝拥入怀中；小哥走时也未曾给小女子一个拥抱！"话说至此开始嘤嘤地抽泣，"得不到小哥的宠幸，小女子真是心痛欲绝呀！"抽泣变成了号啕大哭。

尚海真的慌了，追着找护士："不是说不疼吗？怎么回事？"

护士甜甜地笑着："是麻醉剂依个人体质不同，各种表现也不同。叫她的名字！醒了就好了。"

叫醒了良品，她对尚海微微笑了一下："一点儿也不疼！"

"喝杯牛奶吧！"

"不用，我想睡一会儿！"

"好！睡吧！"

看着良品安静地睡了，尚海拉向前悄悄地走出病房，不由自主地想说好多话："小时候，我、良品、果儿在同一个小村子里出生、成长。那时候田里的垄沟又宽又深，宽到我们无论如何也迈不过去，深到掉下去就没了头顶，可是我们仍喜欢在田里跑，逮好多蚂蚱，用狗尾巴草串起来，回家喂鸡吃，也不懂是为什么，只知道娘看了高兴。那时候沟里的树叶真多啊！我们捡起一片在太阳底下照，真漂亮，真大，可总觉得还会有更好看的，就扔了再捡。最后也许哪一片也不中意，拿了口袋装得满满的，回去当柴烧，还是不懂为什么，只知道火光映着娘的脸分外好看。那时候，自由是我们唯一可以挥霍的东西，吃饱了跑出去玩，看到大人们赶着牛车回家了，也搭个顺风车回去吃饭。只要按时吃饭，娘就不担心。

有一次，良品得到了一条红纱巾，鲜红的颜色带着金色的丝线，真好看。那天风很大，良品高兴地把纱巾蒙在头上，我和果儿围着她转啊转啊，嘴里不停地喊着"新娘子！新娘子！"良品越加高兴了，一松手，纱巾飞了。她和果儿慌忙去捡。那条纱巾越飞越高，越飞越高，飞到坟场那片光秃秃的树林停留了一下，还是飞走了。我也追了，只跑了几步，我却忽然想，倒不如就这样让它飞了好，那是我第一次深深地体会到妒忌一个人的滋味。

再后来，我们拼了吃奶的劲儿，终于走出了村子。我们以为从此是一步登天了，可是我们错了，我们是又掉进一个更大的泥潭，我们要更加努力才能活着。我遇到王红烈并把他奉为我的白马王子，现在看来，朵朵是上天对我的最大眷顾！果儿不信命，她认为她行，她不想依附一个男人，于是一直游走在这个城市的边缘。良品太信命，只要命运给她安排好了，她就根据画好的轨迹走下去，走到现在……成了这个样子！"尚海有些泣不成声了。

很多时候，只有在雨里才敢流泪，风大的时候才敢依偎，雾气里才敢狠狠释放孤独。生命是一条小路，曲径幽远，一端是一个隐忍的女人，而另一端……另一端，会是什么呢？情感细腻的女人只是感知了人们比较麻木的那一部分，也许，孤独地活着，也是一个比较好的结局。

向前："我也是男人，男人这么让女人失望，真的是无语啊！"

尚海："你别让你的女人对你失望就好，其他女人自有其他女人的活法！"

2008 年 8 月 8 日，一个喜庆又值得纪念的日子，对于尚海，对于良品，对于果儿，对于这个国家。真的！好喜庆的日子！果儿结婚了！一个又黑又瘦的新娘子站在那个军人的旁边，好快乐！更快乐的是她还要和他的新郎踏上四川灾后重建的路。

手中的烟花和奥运的大脚印一样绚烂，所有人脸上满溢着欢笑。不用装扮的幸福才是真实的幸福。如果你点亮了生命的灯火，就勇敢地走下去吧！把手放在心上，自己永远是自己的，谁也不会丢！幸福就在每一个闭眼冥想的瞬间，随时随地，随想随要！

摽梅落年

这世上的女人在段画的眼里大抵分为三种：百分之八十的女人是机械而麻木的，她们循规蹈矩地重复着"出生——成长——嫁人——生儿育女——悄无声息地灭亡"这一过程；另有百分之十的女人疯狂地活着，和这世上的男人做着游戏、交易，人们称这种女人为"荡妇"和"第三者"；还有百分之十的女人就是像段画这样每天高傲地活着的女人，这种女人的鼻祖应该追溯到《红楼梦》里的林黛玉，她们有想法，鄙视所有自己不看在眼里的男人，却又往往过着寄人篱下的生活，而这种女人的最高境界是——削发为尼，或忧郁而死！

风

佛说：随风而至，随风而逝。生命怎么来就怎么去，风的自在像是禅的自在，也是生命应该学习的自在。

刚刚移居到一个新的城市，除了缺乏必要的方向感之外，段画几乎没感觉有什么别的不适，最大的瓶颈是在筋疲力尽地安顿好之后，才发现一段时间内自己将告别那个雪白的浴盆，告别属于自己的小小空间，告别湿润的蒸气和大大的泡泡。段画面对那个"大众洗浴"的牌子，心生恐惧！

印象中只在上学时经常到集体浴室洗澡。基本上是从准备去洗的时候，几个女生就已经在唧唧呱呱地谈论一些东南西北不着边际的话题了，然后是出宿舍楼进浴池，尖叫声、嬉笑声不断。从这件事中女生状态的变化，你能看出大学阶段女生观念的变化：共同洗澡时，基本上大学前两年是那些已经发育完好的女生觉得难为情，而大学后两年是那些尚在发育的女生会露出一脸的羞赧。那时三五个女生共用一个淋浴也会觉得很快乐！

　　段画弯腰低头，透过小小的窗口问洗一次多少钱。那人迅速探过头来问："搓澡吗？"段画愣了一下，忙说不用了，那人立刻沉下脸来，指了指窗子，窗子上用红字歪歪扭扭地写着"四元"字样。递过去四元钱，再问浴室在哪里，那人再也不说话，照旧用手指了指。段画提着大包小包，逃难似的拐进一个狭长的通道，门上醒目地写着"女浴"。推门而入，一股潮气夹着怪味直刺入鼻，段画把衣服全都投进一个窄小的柜子，却发现别人的都上了锁，向旁人打听了才又穿上衣服跑出去要锁匙。那人只伸出两个指头，段画说："还要钱呀？"那人不耐烦地嚷道："押金！"弄得好像段画从来不曾洗过澡似的。

　　笨拙地办理好洗浴手续，段画怯怯地走进浴室。里面还算干净，人也不多。找到一个空位，刚刚放下东西，就见一张稚嫩的笑脸，段画也回了他一个调皮的笑，双手撩起长发，却又猛回过头去大叫起来。没错！是个男性！是一个约一米高的小男孩在朝她笑，现在被段画尖叫声吓得愣在原地。所有人的目光都聚拢过来，小男孩的妈妈边抱过孩子边嚷嚷："叫什么叫？"段画一脸苦笑，提着东西逃到了浴室的另一端。人们的目光仍跟着她，段画才发现原来是自己腰间的"金玉满堂"在作祟。这是一串用红绳串起的玉叶子，姥姥说可以辟邪，段画只觉得好玩。现在戴着这串小东西像穿着内裤走进浴室一样扎眼，难怪小男孩要冲她笑。

放眼望过去，四五个小孩在自带的浴盆里嬉耍。唉！女人虽长不成袋鼠，不能每天将宝宝装在育儿袋里，可是，只要有了宝宝就离不了身了。捆绑电话又叫"子母机"，灵感大约也就来源于此。可是让一个小男孩经常目染这些场面，段画认为多少有些不妥；而且这里女性的年龄从三岁到五六十岁不等，真不知道会在他的小小脑袋里产生什么样的影响！

段画草草地洗完，用两块大大的浴巾包裹好头发和身体，匆匆走出浴室。如果用一个坐标表示现在的女人的话，浴室里的情况应该是横向，只能分出女人的年龄，而更衣室里的女人就能显示出她的纵向坐标了！有的女人穿起简单的衣衫坐在角落里吸上一根香烟，水滴顺着染成金色的头发流下来，袅袅的烟雾自指尖飘上去，那种悠闲是任何眼光都破坏不掉的；有的女人将硕大的臀部坐在自备的报纸上，自是认为公共设施不卫生，这样做是安全的，而段画却担心她会将昨晚的或是去年的什么新闻也顺便复制了，样子应该就像是"放心肉"上的检疫印章一样；有的女人，确切点说应该是女孩，在小声打着电话，而电话的另一端应该就在隔壁的男浴。

走出浴室，天已近暮，又是一个段画喜欢的傍晚。她喜欢如血的残阳，那样绚烂，那样无所畏惧地染遍天空。可是生活就是生活，真实得容不得你有半点的遐想。

段画的手机忽然响起来，一个陌生的号码。

"喂，您好！"

"喂？"

"喂？"

"啊！你是谁呀？"

段画停住了脚步，气愤地冲电话说："有没有搞错！你给我打电话还问我是谁？"

说完挂断了电话。那人再次打过来，段画连接也没接就又挂了。一会儿，一条短信发过来："你好！非常抱歉，请问你认识维嘉吗？这个号她用过，现在家人和她失去联系了，这是唯一的线索。你什么时候用这个号码的？"原来是这样，那造成这样的误会也是可以原谅的，段画又将电话拨过去。提示音只响了一声对方就迅速接听了。段画说："您好！我不认识什么叫维嘉的……"话还没说完，一阵刺耳的刹车声传来，紧接着是一个闷响，一个着深色衣服的男人被重重地抛在离段画不足五米处。鲜血淌在柏油路上，是深褐色的。段画惊恐地尖叫着，脑子里一片空白。不知什么时候行人围过来，再后来是急救车、警车，段画被认定为第一目击者被带去做笔录。回到住处已是深夜，段画和衣而睡却又被噩梦惊醒。她想找个人陪，电话里显示有二十三个未接来电，都是那个陌生号码的。此时的段画很无助，恰好电话铃再次响起，接通了，对方急切地问："出什么事了？"

"车祸！"

"什么？你吗？是你撞到别人，还是别人撞到你？受伤了吗？是不是因为接我的电话？"

"不是！是我目睹了一场车祸！好可怕！"说着段画已经开始轻轻地啜泣。

对方却长长地舒了一口气，语气也没那么紧张了："听我说，把你看到的一切都告诉警察，这和你没关系，不要怕！"

"我只看到血！"

"这只是个意外，看到血也不可怕，即使看到了，也不可怕，不要想了，嗯……家里有牛奶吗？"

"好像还有！"

"好！喝一杯热牛奶，泡个热水澡，美美地睡觉吧！"

一说到洗澡，段画就已经破涕为笑了，按照那人所说的去做，她真的安静下来了，枕着电话沉沉地睡着了。

明媚的阳光滤过紫红色的金丝绒窗帘，将金色的那一半留在紫红上，而那些耀眼的红色胀满了这间白色的小屋，所有空气里都凝结了似的。也就在今天，她认识了这个叫衷闯的男人。

花

　　佛说：慈悲的水纹流荡，智慧的清风徐来，妙法莲花就要开了，请现在就启颜欢笑……

　　当那个眉宇丰厚且浓重的男人走近段画时，她体会到一种气势和安全感。

　　聪明的女人不漂亮，漂亮的女人有点傻。男人总是喜欢漂亮的女人，是因为自己的那点小小尊严，总是在漂亮女人的崇拜中得到大大的释放；而聪明的女人总在男人一张口就已经预知了答案，这样也就阻止了两个人发生故事的可能。能够降服这种女人的男人，非具有孟老先生所说的"性善、强势人格、坚守本心"三点不可。

　　段画和袁闯的见面就似久未谋面的老朋友重逢一样令他们欣喜而温暖。他们的相见是在袁闯亲手经营的果园里，一切都那么接近大自然。

"我喜欢鲁迅个性的胡须、深思的眼神和手中的香烟。不过喜欢他更多是因为他的《社戏》会勾起我对童年的许多回忆。小时候我所有的假期几乎都是在姥姥家过的，我姥爷喜欢搭高高的瓜棚，可能是想让自己的守望更显成效，他的瓜棚和其他家的比起来要'威武'得多，当然搭建也更加的费时费力。村里有人路过还要略带嘲讽说：'你这是要在上面养老呢！'而今天想来姥爷是在体会属于自己的一份快乐，因为他坐在高大结实的那个草堆下，能瞭望到更多的生机！"

"姥爷很爱你的！"

"姥姥的爱和姥爷的爱是截然不同的。姥姥讲故事，说家长里短，问寒问暖，而姥爷几乎不和我说话，每个假期第一眼看见我也都只是很开心地笑笑，说：'啊！画画来了！'他每天早上要做的第一件事就是背着粪筐绕着村里和乡间的小路走上一大圈，捡回一筐黑色、绿色的牛粪和马粪做庄稼的肥料。他做事总是那样实诚，镇上的菜贩到村里收土豆，他要详详细细地跟人家打听什么样的等级什么价钱，然后把所有的土豆倒在一起重新分类。舅舅、妗子甚至姥姥都嘲笑他的迂腐，他就把他们都赶走，自己一个人干。我心里却带着对姥爷的无限敬爱甚至是可怜，默默地陪着他捡，听他的话。"

亲情的感染让段画的眼里泪光闪烁，袁闯不忍地又带调侃地缓解气氛："那个时代的人们都是那样实在，我爷爷都快饿晕了，捡了个青玉米还要挣扎着交到队里！"

段画听了，绷紧的小脸也荡漾起笑容来："呵呵！那我现在怀念的也包括您的爷爷了！"长舒了一口气，接着说，"到了我舅舅这里，他继承了我姥爷的精神，还是那样憨厚，只是因为时代的原因也有过太多的不甘。可是，到我表弟那里，土地已然成为他们幸福生活的绊脚石，不管在外面漂着是多么艰辛，他们也不肯回到姥爷耕作过的土地了！"

"不对吧？至少到我还在坚守日出而作、日落而息的田园生活！"

段画噘了噘嘴，把头搭在屈起的双膝上，沉默了起来。隔了约有十秒钟，袁闯的双眸紧锁住段画，静静地说："我只是……不想让你老是活在自己营造的痛苦中。"

段画的目光猛地撞了过去，她看到的是一双清澈的眼里的真切关爱，却屈屈鼻子调皮又灵敏地躲闪了："没想到你这小学三年级的文化水平还能给出这么聪明的解释！"

袁闯也回过神来："呵！我这叫行千里路，破万卷书！"

两个人就都高兴地笑起来。袁闯拉起段画走在杂草丛生、窄窄的小路上，露水打湿了裤腿，还带起淡淡的青草味。

"那我什么时候也能拜见一下这个可敬的姥爷呀？"

"他离开我们十几年了。"

"对不起!"

"什么呀!是肝癌,查出来就是晚期了。他让舅舅把他放在最向阳的地方,双眼已经浑黄得厉害。我看着他不知道跟他说什么,他还是笑笑,对我说:'等一开春,我的病就好了,地里还有一大堆活呢!'我曾经写了一封很长很长的信,把姥爷的情况说给远方的姑姥姥听。"

回到袁闯的住处,清晨的阳光已经透过薄雾照到整个大地。

"我今天要给你露一手,做个好吃的,名字叫作'你中有我,我中有你'!"

"'你中有我,我中有你'?名字听起来蛮感人的。"

袁闯加满半锅水,段画疑惑地问:"喂!袁闯同志,我们喝得了这么多吗?"

袁闯只冲她笑了笑,不动声色地将一个小南瓜切成四四方方的小方块放入锅内。一会儿工夫,水锅交接处就吱吱地响了起来,再一会儿水花从锅子中间翻滚开,把那些金黄色的小东西不停地向外推开去。因为容量有限,它们碰到锅边又都被推了回来,就这样你推我,我推你,大家就一同在锅里乱滚开来。直到翻滚的水花也泛起橙黄色,袁闯将半勺玉米面搅到锅里。平静没有坚持多久，水花又泛滥开来，可也只是那些橙黄色的水看起来有些浑了，翻滚的依然只有那些南瓜。

段画又忍不住问："袁闯同志，你这是喝粥还是喝水？能这样做吗？"

这种严重的比例失调的配料并没有让袁闯感到什么不妥，他高声说："你不知道明天就没米下锅了？省着点吧！"段画用眼角斜了斜袁闯，无奈地笑了笑，眼神又回到翻腾的锅里。

渐渐地，那些金色的南瓜块已经不再那样轻佻，体积开始膨胀，玉米的颗粒开始突显。两种物质胶着的状态，让滚动的水花变成一个个气泡，形成一缕缕白色的烟雾，向四周发散。小屋里满是带着丝丝甜意的香气。

"还没好呀？"

"好了吗？"

"可以了吧？"

在段画殷切的期盼下，袁闯终于将一份精致、美味的"你中有我，我中有你"放在段画面前的一张小方桌上。两人对面而坐，段画欣喜得不知如何是好："能麻烦你拿只勺子过来吗？"

袁闯闭着眼摇了摇头："你中有我，我中有你，怎么能让第三者插进来呢？像我这样！"说完将嘴巴贴近碗边，同时伴着"突突"声，一大口香甜美食满满地占据了他的嘴巴。

段画是又为难又好笑地说："这样行吗？"

"你试试！"

她小心地将嘴靠近碗边，也试着吸了一下，仅仅一小点入口，她已经无法抵挡美味的诱惑，跟袁闯你一口我一口地吃了起来。吃东西的声音、欢笑声充满了整个朝阳初起的早上！

雪

　　佛说：生活的意义原本似雪，白净、悠远、绵长。

　　至深至爱于一个人，不是拥有，不是长相厮守，是怀念，深深怀念！而这种怀念非要转化为一种形式的话，就是保留他的一个习惯。段画开始习惯于每天傍晚看着夕阳西下。一个人的时候，闭上眼睛袁闯就在眼前；两个人的时候，袁闯就在对面。不管是一个人还是两个人，都很享受那些随咖啡香味一起飘散的安静。

　　"真不巧，灰蒙蒙的天挡住了今天的太阳，它现在应该只露着半个脸了吧？"

　　"所有的灿烂都收到我的心里了，没看到吗？溢——于——言——表！"袁闯摇摇头快乐地回答段画，紧接着又关切地问，"最近怎么样？不要闷在心里，跟我说说吧！"

　　"任何人都不能左右任何人！就像你现在很开心，我将我的不快倾诉给你的话，你会感觉很烦，而且有点我为赋新词强说愁的感觉；只有你和我有同样的心境时，我们才是相通的！"

"我明白，我也理解。我只望你能感觉到我的存在，感觉到了至少不会觉得太孤独！我曾经很疯狂地活着，那时候一直以为只有疯狂才是快乐，直到我遇到那场车祸！"

段画惊讶地看着情绪有些激动的袁闯，他说："我开车时撞到一个民工，一起的朋友都说赔些钱了事，我却看到了他死前那渐渐黯淡的眼神，他很努力很努力地不想离去。那一刻，我觉醒了。我花掉了所有的积蓄却仍然没能让他再看一眼这个世界。他的老婆，就是那个每天在果园里忙着但是不爱说话的张嫂，在丈夫离去后只默默地离开了，她说，人没了，再争什么也没有用了。我在朋友那里已经借不到钱了，卖掉了房子，找到了张嫂，帮她开垦了这片果园，明年春天就挂果了，努努力，秋天一定能够丰收！安顿好张嫂和她的孩子我就会离开的！"

"所以在我看到那场车祸时你能很冷静地在电话里帮助我！"

"你是被吓着了，那是你最无助的时刻。"

"维嘉是谁？"

"张嫂的大女儿。宁肯打工也不愿回来照看果园。"

"在她眼里，熟透的苹果的颜色远不如城市的霓虹漂亮。"

"有一天她会知道的。"

"但愿不会太晚。"

两人相视着，一种温暖忽然席卷心头。袁闯的手指穿过段画的长发，她所有的故作坚强都在那一刻崩溃，只剩下无声的抽泣。

"像你这样不用依附于任何一个男人而生存的女人，又哪来那么多的忧伤呢？"

痛快地哭过，段画显得很释然，挂着水雾的睫毛随着眼睛的眯起而弯弯地翘起。

"其实每个女人骨子里都有一种渴望，渴望被人宠爱，渴望很悠闲地活着。所有的女人总会有发现那男人并不足以让自己依靠的那一天，不同的女人会做出不同的选择，所以事情的结果也不同，于是就有了各种各样的悲欢离合，有了各种各样的情感纠葛。于是有的女人开始迷失、堕落、苦苦再寻，而有的女人也会从此杀出一条血路来，她会为自己的理想承担一切。"

"为这种女人干杯！"

两个人开始大笑，开怀大笑。来自夜晚的清新空气通透了整个身体，让段画又好像闻到了家乡的味道，想着家乡的桑树是不是又长满了颗颗饱满的桑葚。一直以来，段画把自己定义为一只城市中觅食的候鸟，故乡的一草一木都似爷爷那苍老的容颜，只在梦中，在孤寂时，在受伤的午夜里闪现。她把自己的孤傲装在高跟鞋里，装在永远微抬的下颌上。然而，繁华而喧闹的都市遮掩不住更深一层的无奈，就像绿草掩映的山脉经不住风吹而露出干涸、烦躁的土壤。旁人过分寒暄的笑容里伪装隐藏了太多的利器。

只有和袁闯在一起的时候，她才是真我的状态，她说："和你在一起只有坦然，不存在任何炫耀和城府。但请你记住，永远不要停止努力，我需要你比我懂的东西多！"

"也许，我的一生将会在平淡中度过，但我的生命是永远向上的！"

"我信你！"是啊！我信你。"我信你"会比其他语言更富有意义。

宁静的气氛因为两个警察的出现而显得有些紧张。

"请问是段画吗？"

"是！"段画有些不知所措。

"五个月前你目击的那场车祸，经过我们调查，肇事者是李军，也就是你的爱人。而当时你的笔录上显示你对此事一无所知，你现在有包庇的嫌疑，有些细节问题需要你再次协助我们调查。"

段画深吸了一口气，脸上露出无奈的表情，抬脚向外就走。

"等一等！"是袁闯，他边抓起外套，边对那两个警察说，"我也一起去，因为，事情发生的时候我们正在通电话，我是证人！"

段画想说些什么，袁闯微笑着对她说："你信我的！"

段画抿了抿嘴唇，眼里有一丝晶莹在闪烁，在他们离开的时候，响起一首歌：

> I can only imagine
>
> What it will be like
>
> When I walk by your side
>
> I can only imagine
>
> What my eyes will see
>
> When your face is before me
>
> I can only imagine……

袁闯心里也跟着一起轻轻地诉说着："I can only imaigne，当她成为别人的风景，我只能想象！"

月

佛说：法界无尘心月满。

有些情调的女人总会收获一些悲苦的爱情，比如李清照，比如张爱玲，又比如三毛。

有些情调的女人床头总会停留一本书，书的扉页会变，不变的是缠绕指尖的淡淡书卷气。而这时，想要的爱情是那温暖的臂弯，小女人的情趣在这里将得到淋漓尽致的释放，不想藏匿一点一滴。

有些情调的女人不惧怕生活乃至生命带来的困苦，而这时想要的爱情是穿过我的黑发的你的手。

有些情调的女人多半是容易受到惊吓的小鹿，尽管总是露出高傲的姿态，而这时最想要的爱情是请你轻拍她的后背。

此时的段画也渐渐从惊恐中解脱出来，虽然至今袁闯也未曾轻拍她的后背。有什么关系呢？女人天生就是活一种感觉。走在这阳春三月的暖阳里是很容易让人找到幸福的感觉的，于是每个人脸上都洋溢着笑，阳光很缠，春风很绵。尽管如此，段画和袁闯仍旧或多或少保持着距离。

"我现在开始想念你在山上的那个小窝棚了，想念那些欲滴的翠绿。"

"你看，那里！"顺着袁闯的手指段画真的发现几株小柳树已笼罩上了绿色，走近了，却看到仍旧是那灰秃秃的枝条，只是在芽尖冒出一点儿鹅黄。

"失望了吧？有些东西是不需要非得得到的，不是非得触手可及才是你的。"

段画并不服，转转眼珠说："那是因为季节还没到！"

于是两个人都在笑，只不过袁闯笑得爱怜而无奈些，段画笑得调皮些。

"你看过罗兰的《绿色小屋》吗？里面有一首宪纲写给陈绿芬的歌。"段画不禁轻轻地念起其中的诗句：

> 我有一个绿色的世界，
>
> 那里有绿色的太阳，
>
> 绿色的月亮；
>
> 有绿色的小屋，

绿色的门窗；

在那绿色的床上，

有我绿色的姑娘；

她有猫样的绿眼，

叶样的衣裳，

海样的心肠，

莺样的歌唱；

在我绿色的世界，

有我绿色的梦想；

我要把我的梦想，

搭盖在常绿的山上，

搭盖在常绿的海上，

搭盖在我绿色爱人

那海样深沉的

芬芳常绿的心上。

不等段画尾音落下，袁闯就像掀起诗的另一番高潮一样大声诵读：

我有一个如画的世界，

那里有我如画的新娘，

我要用尽色彩的斑斓，

为她描绘想要的地久天长……

段画绯红了双颊开始阻止袁闯继续下去，袁闯揾住她的双手就势吻了过来，段画忽然又补充说："可是，宪纲并没有和陈绿芬在一起。"

袁闯开始呵呵地笑，哈哈地笑，放声地笑，直笑得喘不上气来，笑得段画摸不着头脑："讨厌！你笑什么？"

"我笑你还要活在20世纪30年代，笑你活在别人营造的痛苦里，我现在就要拯救你，因为——我爱你！"

段画用热切的眼神注视着袁闯，那眼里却仍旧有一丝遥远："存在心底的爱情，就像小时候发到手里的糖果，是万万不敢一口吞下的，只在想起时拿出来舔一舔，或者含在嘴里让它慢慢融化，才会感到丝丝入味，值得回味！"

"你是太受伤了，我只想要你快乐！我很在乎我们的情感。"

"我信你！但是……"

"我和李军相识在一个产品的宣传推广会上，会议由我主持，而那个产品就是由李军的父母代理的。其中有一段他的发言，他因为局促显得很怯，整个会场的气氛也冷了下来，后来，我用近乎调侃的语调缓解了大家的情绪。他的父母也因此注意到了我，极力地找人撮合，他们认为我会对他的事业有帮助。后来我发现李军是个很安静的人，和他在一起不用想很多。可是婚后我发现，他安静得近乎是懦弱，对他的父母言听计从，根本是没了自己。我想在我的花园种我喜爱的花草，他的父母找人把地翻了种玫瑰；休息日我想在阳光底下好好地享受生活，他父母要我们参加无聊的宴会；他喜欢安静，他父母让他从事他不喜欢的工作，他也不拒绝……我讨厌这种没有自我的生活，讨厌这种任人摆布最后近似无能的生命！我逃了！他找我的时候出了车祸。他的成长经历注定了他对待这件事的方式。他可以用钱来承担责任，但是，爱是不可以用钱来买的，那是心底的感觉！"

"我是一直希望你好的！所以我一直想静静地看着你也好！"

"你不是女人，你不懂；你不是我，你更不懂。男人征服女人是从心开始的，女人心里不愿意，身体是不属于你的；女人征服男人是从身体开始，只要她长得足够让男人产生性趣。"

"起码我属于另外一种。经历过一些事情，你会安定下来，你会在乎那个在心灵上给你慰藉和愉悦的人！"

"你总会找到一个好姑娘。"

"是啊！我明天就走了！"

"走？去哪里？"段画显得很着急。

"去找我生命里错过的人。"

"你们很相爱吗？"段画眼里噙满泪水，她尽量向远方望去，不让泪水掉下来。

"她是我命里注定的，可是因为我的玩世不恭，我丢掉了她。现在我要把她寻回来，放在我的手心，永不言弃！"

段画已经不再讲话，无目的地向前走着，闻到浓浓的烤红薯的味道也兴奋不起来。可是看到那个自制的烤红薯的车子前坐着一个脏脏的小男孩，眼睛大大的，却看不到内容，她一下子像找到宣泄的对象一般，眼泪啪啪地掉下来，

"来两块红薯。"

卖红薯的女人见了段画的样子，很惶恐地拿了两块红薯来称。段画递过钱去说："不用找了！"然后将其中的一块递给车上的小男孩，剥开另一块，大口大口地吃着。母子俩都很奇怪地看着眼前的这个女人，然后那母亲无论如何都要找给段画余下的零钱。袁闯又开始爱怜而无奈地笑着，而且接过了那女人的零钱。段画开始想对他发脾气了，袁闯却转身换回了一大串带卡通图案的气球交给小男孩。那孩子的笑容灿烂起来，高兴得直拍手，那母亲也不再拒绝。袁闯叮嘱道："快些离开吧，别让城管人员查到了！"然后将一只粉色的气球递给段画。

"纪念品吗？"

"惹你不高兴了，道个歉吧！"

"我才没有！"

"有时候，有些事情需要变通一种形式对方才能接受。因为我给予对方的时候就是想让他安稳地接受，所以我会找他最能接受的方式。"

段画忽然转过脸来，很欣慰地笑着，眼里却有晶莹的东西在闪烁。袁闯殷殷地看着她，说："我有一双眼睛却不能天天看到她的身影，我有一双耳朵却不能天天听到她的声音，我有一双臂膀却不能天天拥她入怀，然而，我有一颗爱恋的心能够时时追随思念着她！"

"呵！明天几点的车？我去送你！"

"啊……九点四十的！"

"好！我有事先走了，明天车站见！"

落日的余晖里，两张藤椅，桌子上摆着一杯咖啡；桌的另一侧是段画，她正在细细品味另一杯咖啡的浓香。

刚好九点四十，这应该是车轮启动的时间。段画提起最后一点勇气奔跑在候车大厅里，人头攒动却无论如何再也找不到那个想要的身影。段画，转个身吧！融入茫茫人海里，即使是一粒微尘也应该有自己行动的轨迹！转了身，段画决定再也不回头。

手机里忽然显现一条信息：我从远方来，终于找到生命中的你，一度将你丢失，从现在起，我要放你在我的手心，永不言弃！现在，请你转身！

还好，另一种命运已悄悄降临。

佛说：修百年方可同舟渡，修千年方能共枕眠。前生五百次的回眸，换今生一次的擦肩。

佛说：缘起即灭，缘生已空。

锦瑟华年

一扇大大的玻璃窗干净而明亮，一幅巨大的油画占据了大半个墙面，画上的老榕树枝繁叶茂，一朵朵粉红色的花朵娇艳欲滴，就连败落的残花，也将整条小路铺成一篇粉色的乐章。

挣　扎

五月的早晨，天已大亮，钟央躺在林桦的怀里，懒懒的，不想起床。

"该上班了。"

林桦眼也不睁，用脸蹭了蹭钟央的头，钟央没有一点儿反应。林桦的母亲已经在外面嚷着叫起床了。

"快快起床，妈妈叫你了。"

"嗯……"

婆婆的话在这个二十一世纪的儿媳妇眼里已是陈年俗套，只是觉得不至于反驳，不屑一顾，或习惯于充耳不闻。她双手钩住林桦的脖子，一条腿搭在他软软的肚皮上，撒着娇。

"好老婆，快起床。"林桦用手轻轻地拍着钟央，碰到她突起的胯骨，不禁又是责备又是心疼地说："看你，以后多吃点，都瘦得皮包骨头了，啊？"

似水流年

　　见钟央还没反应，就在她腰间一阵搔痒。钟央大笑着，很不情愿地坐起身："在你家我吃不饱，睡不好的……"就势又要倒到床上。

　　林桦赶紧接住她："再不起就迟到了。"

　　钟央伸了个懒腰，走到梳妆台前，一个偏瘦的身体展现在眼前。钟央左看看，右看看，才穿上一套职业装。

　　时钟敲了七下，钟央赶紧跑出卧室，进了洗手间。林桦的母亲一边忙着准备早餐，一边唠叨着什么；父亲正在欣赏一场球赛。钟央洗漱完毕，手还湿漉漉的，又跑回卧室，见林桦又睡着了，悄悄地坐到床边让手上的水滴一个一个滑落到林桦的眉宇间，在他脸上肆意地流淌着。林桦皱了皱眉，求饶道："好老婆，好老婆，别忘了把牛奶喝了，我再睡会。"

　　钟央还觉得不满意："这回你服了吧！"边说边把双手放在林桦宽厚的胸膛上。林桦一个激灵，起来就要把钟央摁倒在床上。钟央怕刚弄好的头型又乱了，马上说："老公，我错了！我错了！"外面林桦的母亲又在嚷着叫大家吃饭了，钟央拿起包在镜子前照了照。林桦也睡意全无，站在镜子前摆出一个个滑稽的健美姿势，那高大魁梧的身体把后边的钟央挡了个严实。

　　"讨厌，我上班了。"

林桦从背后环住她说:"中午回家吃饭,路上看车。"

"知道了。"钟央边答应边在林桦脸上一个响吻,然后,一路小跑着跟外屋的公婆告别,"爸爸妈妈我上班了!"身后传来婆婆的唠叨声:"就喝一杯牛奶,那稀汤寡水的顶什么事……"

钟央骑着单车走在宽阔的柏油路上,太阳镜中望出去的天空很纯净,身上分明感受到阳光的炙热。这是一个灿烂的暮春时节,一个普通的北方小城市。钟央因为接纳了老公林桦的爱,也就接纳了这个不很繁华的城市。一想到林桦,钟央的心里就充满了甜蜜,她喜欢被他宠着的感觉,喜欢霸道地拥有他的爱,喜欢他强健的身体,也喜欢他有些羞涩的爱的方式。

他们是大学同学,别的男生站在女生宿舍楼下总是"梅"啊、"丽"啊地呼唤女朋友的小名,可林桦却"307""307"地喊宿舍号。就因为这,同宿舍的女生每次都哄笑着说这是一对"革命伴侣",钟央感到难为情,却还是趴在窗口回应林桦。

大约十几分钟的路程,钟央到了单位门口。这是一个拥有几百名员工的股份制企业。上班的人鱼贯而入,不时有人和钟央打着招呼,钟央也点头回应着。这种相互寒暄的场面是自从她一年前从车间调入厂办室后才有的,要在以前,谁会注意一个刚刚参加工作的小姑娘呢。钟央边上楼边从包里拿出钥匙准备开门。她是办公室里最年轻的,又刚刚调来不久,所以每天都是第一个到办公室烧水、打扫卫生。

开了门，一股烟味夹杂着脚臭味向钟央袭来，她有点喘不过气来。墙角的沙发上躺着一个四五十岁有些秃顶的男人——是办公室张主任，一个每天跟着一些爱摆谱的领导后面打官腔的人。一定是昨天晚上又陪哪个领导打麻将晚了，不敢回家，这是常有的事。钟央讨厌这份工作，更讨厌这里形式主义的人们，可是她还得在这个城市里生活下去，还得靠这份工作去"搭"一个属于她和林桦的窝。钟央无可奈何，她把这些怨气都一股脑地发泄到了开窗户这个动作上。"嘭""嘭"的声响惊醒了还在酣睡着的人，他缓缓地坐起身，使劲伸了个懒腰，又把头仰在沙发的靠背上，一张胖脸耷拉着，稀疏的头发像毛草一样，杂乱地分布着。

"张主任，昨天晚上值班了？"

"啊……啊，早。"他睁开布满血丝的双眼，胡乱地回答着。

上班的人陆续进入办公室。这是一座旧楼，各部门办公都在这个大直筒式的屋子里，乱哄哄的十几个人。男同志说说早上的新闻，女同志们讲讲孩子或者老公，有的扫地，有的擦桌子，电话铃一阵阵响起，于是又有人喊"老张，电话""小赵，找你的"。人们不像在上班，倒像是赶早市的。忙碌的一天就这样开始了。

准备会议室、端茶、倒水、分发各部门报纸、接电话，琐碎的工作占据也充实着钟央的每一天。天色发黑的时候，钟央才拖着一身的疲惫往家走，暮色中远远地看见林桦站在楼下，向马路上张望，钟央心中一阵窃喜。认识七年了，林桦对她的热情有增无减，很难得啊！她用力摇了摇车铃，林桦看见了她，高兴地边接过自行车边问："中午不回家吃饭，晚上又这么晚才回来，你们那个小厂有什么可忙的?"钟央挽起林桦的胳膊，头轻轻靠在他肩上，抱怨地说："厂子不大，事情不多，可禁不住让一个人干呀。累死我了。"林桦放好自行车，见钟央站在那不动，问："怎么了? 上楼吃饭吧。""我走不动，你抱我。"林桦虽面露难色，但嘴角分明还挂着笑，左右看看没人赶紧一使劲抱起她就走。虽然楼层不高，可到了自家门口，把林桦累得已是气喘吁吁了。

吃过晚饭，洗漱完，已是晚上九点多了。钟央靠着枕头看报纸，床角柔和的灯光勾画出她的剪影。这不是一个让人惊艳的女孩，浑身上下却透着阳光般的活力，笑起来的时候小小的眼睛总闪着谜一样的光。此刻她浑圆的肩膀露在被子外面，皮肤光泽而白皙，乌黑的头发在脑后随意地挽起一个髻，又丝丝缕缕地掉下来，虽然结婚不久，可看上去更像一个小少妇。林桦趿着拖鞋进了屋，看了钟央一眼，很兴奋的样子，凑到她旁边问："看什么呢？"钟央的眼神并没有离开报纸，一边哗啦哗啦翻着页一边把上身前倾，林桦就把胳膊伸过去，让她靠上去，这一切显得那么自然而又默契。她蜷在他怀里，那感觉无比惬意。林桦低头含着钟央圆圆的耳垂，钟央笑着说："干吗？"林桦不说话，却更加肆意地亲吻，钟央便又笑又叫地在床上乱滚，林桦抓起被子让笑声隐没了。

过了许久，林桦慢慢拧亮了灯光，钟央的长发乱乱地铺在床上，脸色潮红："我热。"林桦欠起身拉开窗帘，明亮的月光泻进屋来，他又轻轻把窗户打开一条缝，风也就势袭来。林桦盘腿坐在床上，钟央很乖地躺在他腿上，手上摆弄着一缕头发，在林桦的胸前扫来扫去。

林桦攥住她的手说："央央，我有话跟你说。"

钟央噘起小嘴："不是向我承认错误吧？"

"你想到哪去了，"林桦微笑着，"我从生产科调到销售部了。"

钟央抬起头很认真地看着他，林桦继续说："明天要到北京出差，而且……而且以后可能经常出差。不过，我每月都会回来看你。"钟央有些失落的样子，她知道林桦一直想干一番事业，如果不是为了他年事已高的父母，也不会回到这个小城市，每天一杯茶水一份报纸碌碌无为地过活，而她也不会每天给人家做跑腿的工作。如果林桦走了，这里就只剩下自己，那么生活会变得越来越枯燥无味。

林桦见她愣着不说话，就摇着她的肩膀说："怎么了？说话呀？"

"你父母怎么说？"

"他们没什么意见，工作性质变了，可还是在这个厂里呀！"

"那你就不必考虑我的感受了。"

"我不是正和你商量吗？你看，这样我能拿到业务提成，以后我们可以买自己的房子。"

一提到房子，钟央的眼前一亮："要有阳台、落地窗的。"

"行，一切都听你的。"

"嗯……那我也不干。"钟央觉得入了圈套了，不禁又撒着娇反悔。

林桦呵呵地笑着，把她抱得更紧了："小乖乖，好了，我好好宠宠你吧！"

第二天一大早，钟央就翻箱倒柜地给林桦收拾东西，几套换洗衣服、日常用品、感冒药、水果……林桦静静地看着这一切，夫妻嘛就该是这样，相互依恋相互关心，平时要他宠着、娇着的人儿，其实也挺贤惠的。

"看还缺什么东西吗？"

看着大包小包的东西摆了一桌子，林桦打趣道："就差把你打包给我带着了。"

"去你的。"钟央娇嗔地给了林桦一句。

两个人来到外屋，见林桦的母亲也在那大包小包地准备东西，林桦赶紧扶她坐下说："哎呀，妈，我只不过出几天差，又不是常驻联合国了，该准备的央央都准备好了。"

"当年，我十六岁离家闯天下，是赤着脚出来的。儿子只不过出趟差，看把你急得跟什么似的。"公公也一边饮着茶水一边漫不经心地附和着。

忙了一大早，却招来这么多批判，婆婆有些生气，冲着老头子嚷："好，我不管，当初要不是我，你呀！现在还打光棍在街上讨饭吃呢！"两个老人相互打着嘴仗，这也是一种情调吧！

临出门了，钟央问林桦："几点的车？我去送你。"

"不用了，我可不想让你在同事们面前跟我哭鼻子。"

钟央的眼里真就转着泪花，林桦一看赶紧拉着她的手说："看，我过几天就回来了，啊？"

钟央哽咽着说："在外面注意身体，讲究卫生，别忘了给家里打电话。"

林桦一一点头答应着："你自己也要注意身体，想我的时候就给我打个电话。"

"这一点老婆大人可以绝对放心，我心里只有你一个。"林桦尽量用俏皮的口吻缓和着分离的气氛。眼看着钟央渐渐融入人群，一种怜爱的心情不禁油然而生。

有一种女人生活在这世上就是在寻找一种感觉的，一朝既得别无他求，例如钟央！而所有男人的心永远在路上，这其中当然包括林桦。

中午的时候，钟央给家里打了个电话，婆婆说林桦坐早上九点多的车已经走了，她就借口工作忙说不回家吃中午饭了。在食堂打了一份素炒西葫芦，切得薄薄的近乎透明的瓜片和着米饭，吃在嘴里清清爽爽，这可比婆婆的厨艺高多了。婆婆是劳动妇女出身，小时候帮着父母带弟妹，嫁给公公后又带着小姑子，后来又有了林桦他们姐弟五个，可以说把这一生都奉献给了别人，而她也似乎忘了自己。岁月留给她的就是对任何事情都要唠唠叨叨地发表意见。

"今天的西葫芦炒得不错。"钟央一抬头，是财务室的王丽娟，一个每天就知道传个小道消息啦，争个奖金啦，经常神经兮兮的人。这种人是近不得远不得的。钟央冲着她笑了笑说：

"是不错。"王丽娟在钟央旁边坐下，嘴里嚼着饭，手里舞着小勺，还哇啦哇啦地说话："提起这吃饭，我们家还有一段小插曲呢！"王丽娟也不睬钟央爱不爱听，自顾自地说着："就前些时候，我那小叔子家添了个小子，我婆婆乐颠颠地跑到北京给我兄弟媳妇伺候月子。老太婆心里美，儿子有出息，在北京站住了脚，媳妇又生了个大胖小子，把她给乐得呀。嘿，你猜怎么着？没过两天回来了，原来呀，那兄弟媳妇是南方人，吃不惯北方菜，尤其吃不惯我婆婆的手艺。小叔子就给他妈在厨师培训班报了名，让她先学学。哈，这回好吧？平时我不嫌这不嫌那地管她吃住，可她还说我不孝顺。"王丽娟拍桌子瞪眼睛地说着。这不禁让钟央联想起林桦他妈，有一次，钟央本想自己下厨房做上几个菜，可洗手的工夫，婆婆三下五除二像切萝卜一样把几个青青的佛手瓜剁成了块，下锅就炖，这情形让钟央连吃的心情也没了。这也算是两代人之间的代沟吧！"想什么呢？你怎么没回家吃饭？"王丽娟疑惑地盯着钟央，钟央马上笑了笑说："啊！没什么，天太热了。"

没有林桦的日子，钟央的生活像是褪了色，每天除了工作就是逛商店、吃小吃，然后回家睡觉，过得百无聊赖。林桦走了一个星期了吧？他在哪儿呢？他想她吗？

这天晚上，钟央在床上翻来覆去辗转难眠。窗外一支老年秧歌队舞得正欢，咚咚的鼓声敲得人心烦。钟央忽然起身在柜子里找出一套新的床单，呼呼带风地铺到床上，一个大大的向日葵花朵张扬地布满整个床单，血红的底色映得那份金黄更加骄傲。这是钟央特意在他们结婚的时候买的，那时候，图的是喜庆，而今天看来是更能代表她此刻的心情了。打开音响放一段柔美的音乐，钟央就蜷在花心处睡着了。朦胧中她觉得脖子痒痒的，就用手去抓，忽然，她好像抓住了一只手，一只温暖的大手。她猛地睁开了眼睛，天啊！简直不敢相信，是林桦！林桦就坐在床边微笑地看着她。她不由地尖叫了一声，跳了起来，像小鸡啄米一样在林桦脸上一阵响吻。是林桦，他真的回来了！林桦赶紧捂住她的嘴说："小点声，爸爸妈妈还没睡呢！"

钟央习惯性地噘起嘴："人家见着你高兴嘛！"

"好了，别生气了，我真的很想你！"

"怎么事先也不通知我？"

"临时决定回来开会的，市场运作出了点问题。"

"能待几天？"

"两三天吧！"钟央皱起了眉头，林桦赶紧说："我尽量多留几天陪你。好了，我先去洗个澡。"又细着嗓子逗钟央说，"广告之后马上回来。"

　　钟央顺手丢过去一只玩具熊说："现在的广告又臭又长。"林桦抱着熊颠颠地跑出去了。

　　大约过了半个小时，林桦一边擦着头发一边进来了说："哎，你猜我在北京碰到谁了？"

　　"谁呀？"钟央好奇地瞅着林桦。

　　"苗喜雨，我上学时候的好哥们儿。"

　　"就他呀！每天抱着金庸、古龙的小说不放手，有什么好的。"

　　"哎？人家现在可跟以前大不一样了，在跑建材，每月光提成就好几万，将来我也……"

　　钟央不愿听他空想的憧憬，哧溜钻进被窝睡了，剩下林桦在那望着天花板自言自语。

　　第二天，天气晴朗，钟央特意跟厂里请了一天的假，让林桦陪她去买换季的衣服。虽然还不到夏日炎炎的时候，可各种服饰店里却已摆出各式各样颜色鲜亮的夏装。钟央拿起一件剪裁简洁、做工精细的吊带裙，在镜子前比划着，瞟了一眼站在一边的林桦说："怎么样？"

　　"你穿？不行，不行，太暴露了。"林桦把头摇得像拨浪鼓似的，拉着钟央往外走。

　　"哎……哎呀……"钟央来不及把衣服放回原处，只好扔给店员就被林桦拽了出来。

"老封建，我看大街上那些穿着时髦、性感的女孩子也不少吸引你们这些臭男人的眼球，怎么轮到我就不行了？"

"哎？对了，别人爱怎么穿怎么穿，那是别人，可是老婆就不行了，只能属于我。"

一个上午的时间，钟央试穿了几十件衣服，结果也只选了一两件。林桦抱怨地说："每次跟你逛商店总是撒的网挺大，收获却很少，你说你不打算买为什么要试呢？"

"女人总是很虚荣的，没有钱买也要试一试，反正试一试也不要钱。"

"你说你累不累呀！"

"不累！"

"你不累，我可累了。咱们去吃饭吧。"

两个人一起进了一家快餐厅，正值中午用餐时间，里面挺拥挤，好不容易找到了空位，林桦便忙着买饭。他手里端着饭菜、嘴里叼着饭票的样子，勾起钟央的许多回忆。

"好像回到咱们上学的时候一样。"

"让你重温旧梦，喏，你最爱吃的酱牛肉。"

"啊！太好了，以前我一个人能吃一大盘呢！"

"还说呢。"两个人边吃边笑着。

"林桦，咱们买一套房子吧！"

"行，等有钱了就买一处大房子。"

"我不需要多大的空间，只想要一个属于我们俩的房子，两代人住在一起太不方便了。"钟央用筷子拨弄着碗里的米饭，偷偷观察林桦的反应，林桦的表情有些不自然。

"我父母就我这么一个儿子，姐姐们又不在身边，这事以后咱们再说吧！"热闹的气氛顿时冷了下来，两个人开始默默地吃饭，喧闹的人群好像淹没了彼此的存在。

当他们提着大包小包往外走的时候，林桦的手机响了。接着电话，林桦竟然不由加快了脚步，关上手机后对钟央说："我得马上走了，你自己回家吧。"说着拦了一辆出租车，把钟央连同大大小小的手提袋一同塞了进去。钟央看着林桦渐渐远去的背影，过了好久才回过神来，一种委屈、伤心甚至是愤怒向心头席卷而来。回到家里，钟央把自己重重地扔到床上，连试衣服的心情都没有了。一向体贴、细心的林桦从来没有这样对待过她，她感觉有一种东西，是一种自己无法抗拒的力量，正在把林桦从自己身边抢走。

好长一段时间了，钟央始终打不起精神来，尽管林桦每天都打电话来，她心里也早就原谅他了，只是心中老有一种莫名的失落感。她每天吃得很少，工作中也没了以前那样充沛的精力，而最近工厂的效益又每况愈下，厂里的领导每天大会小会开个不停。钟央觉得自己似乎得了什么怪病，常常心慌气短。下午，生产部门的经理又在召开会议，张主任安排钟央做会议记录。眼看着生产经理唾沫乱飞，慷慨激昂地说着杂事，东一句西一句，钟央心里就烦得不得了。空调的温度太低了，她浑身冷得直起鸡皮疙瘩。好容易挨到会议结束，回到办公室，其他人早已下班回家了，钟央坚持着把会议记录整理好，放在张主任的办公桌上才往家走。已近黄昏，天边只剩了一个血红色的太阳，她感到好孤独，她不知道这种日子什么时候才能结束。她觉得自己是彻底坚持不住了。要是在以前，林桦在她身边的时候，每天有个人会因为自己吃得少或是回家晚了担心得不得了，心中也总还有一种满足感，可是现在呢？偌大的城市就只剩下她自己了。她像一只受伤的小鸟被遗弃在一个没有生命讯息的角落，而自己能做的也只有等待，等待日子的流逝能够抚平伤口，等待一个怜惜她的人出现，而现在她连他在什么地方都不知道。

回到家，婆婆正和一伙人打麻将，钟央象征性地打了个招呼，又跟婆婆说晚饭在厂里吃过了，就一头扎到床上，动也不想动了。眼泪悄无声息地从脸颊上滑落下来，她拿起电话拨给林桦，响了好一阵才听到电话的另一端传来一个挺兴奋的声音："喂？央央呀？我正陪客户吃饭呢，有事吗？"

"我想你，我要你回来，呜……"钟央哭得泣不成声。

林桦急着说："出什么事了？这里太乱了，我马上找个安静的地方给你打过去。"听筒里传出一阵嘟嘟的声音——电话断了。不一会儿，电话铃又响起来了，钟央呆呆地望着天花板却不想接电话。她接了又怎样呢？跟他说什么呢？也只能是一次蛮横的耍脾气罢了。

早上，钟央起得迟了，不过经过昨天晚上的一顿发泄，感觉心中似乎畅快了许多，于是急急忙忙地往厂里赶。刚要上楼，就听见办公室里张主任正在发脾气，不由得放慢了脚步，想听个究竟，不会是因为自己偶然的一次迟到就撞到枪口上了吧？钟央侧耳倾听，正好碰到了刚倒垃圾回来的王丽娟。要在平时，钟央唯恐避之不及，可今天却冲她笑了笑，王丽娟三步并作两步跑过来，凑到钟央的耳边，热乎乎地喘着粗气。她身上散发的浓重的香水味令钟央很不舒服。王丽娟说："老张是在为你昨天做的会议记录发脾气，你进去小心点。"

会议记录？钟央边往里走边寻思着到底哪里记录得不妥呢。站在门口正望见张主任那个发亮的秃脑袋摇摇晃晃。

"张主任。"

"哦！小钟，你过来一下。"

办公室里其他人都停止了手里的工作，有的用一种近似怜悯的目光盯着钟央，有的在那交头接耳。"一帮势利小人！"钟央心里愤愤地骂道。跟着张主任来到他的办公室，他那肥硕的腰身把那只办公椅压得吱吱作响。他一边点燃一根香烟一边说："我知道最近厂里的事情多，可越在这个时候我们就更应该……"

钟央很谦虚地低着头，做出一副积极听从领导教诲的样子，其实什么也没听进去。她偷眼瞧见张主任那张喷云吐雾的嘴唇上下翕动着，不时露出两排满是烟渍的牙齿。这几乎是这个厂里每个领导的嘴脸。会议开得不少，会议精神也传达了不少，厂里效益非但提高不上去，还每况愈下，钟央已经厌恶这里的环境和这里的人。不知过了多久，钟央觉得脖子酸疼，站得腿都有些麻木了，才听见张主任说了一句："好了，今天就谈到这里，马上把文件改一下。"钟央才逃也似的出了门。

中午吃饭的时候，王丽娟又端着饭盒凑到钟央跟前，笑嘻嘻地说："钟央，还为早上的事不开心呀？年轻人嘛，总要在领导面前历练历练才能得到更好的发展呀！领导批评你就是关心你。"她贼眉鼠眼地朝左右看看，见吃饭的人都走得差不多了才压低声音说，"这个老张挑你毛病是有原因的。听说他媳妇的一个亲戚还在车间呢！也是大学生，他媳妇每天絮絮叨叨地让老张给调个好工作。你可别在关键时刻让别人钻了空子。"

钟央对于这些神经兮兮的人已经司空见惯,在那闷着头只顾吃饭,不过王丽娟最后这两句话却令钟央心中犯起了一阵涟漪。

走出食堂,太阳热辣辣地照下来,水泥地上散发出一种热烘烘的气体,烤得钟央一阵头晕。她倒掉饭盒里大半的饭菜,闻到垃圾桶里的恶臭,猛然剧烈地呕吐起来。过了许久,她慢慢直起腰,那个大大的太阳就在眼前晃了起来,钟央一个趔趄晕倒在路旁。

一股浓重的来苏水味刺激着钟央微弱的呼吸,又是一阵剧烈的呕吐,钟央的头歪在床沿上,乌黑的头发从雪白的床单上散落下来。吊瓶里规则地滴着透明的液体。"我这是在医院了,我真的病了。"钟央胡乱地想着,正在这时,门"吱"的一声开了,林桦提着一只暖瓶进来了。

"央央,央央,又哪不舒服?"林桦放下暖瓶一把抱住钟央。

钟央把头埋进林桦的怀里,放声大哭起来:"你怎么才回来呀?"

"昨天晚上给你打电话你不接,今天一大早我就急忙往家赶。怎么样?睡了一下午感觉好些了吗?"

钟央不理他,还在那伤心地哭。

"好了，好了，别哭了，都是我不对，你这样哭对孩子也不好呀！"

孩子？钟央泪眼婆娑地抬起头，狐疑地看着林桦："什么？什么？你说什么？"

"傻瓜，你要当妈妈了，我也快做爸爸了。"

听到这个消息，钟央简直有些不知所措，她没有一点儿心理准备，一个小生命就在她的体内孕育了。林桦用湿毛巾给她擦了擦脸，撩起前额的一缕长发说："等打完点滴，咱们就回家吃饭，来一个酱牛肉。"

"酱牛肉"三个字一出林桦的口钟央就迅速地捂住了嘴，林桦忙改口说："不吃了，不吃了，这么见效呀！"于是两个人就相视着大笑起来。

回到家里，已是华灯初上的时候，今天婆婆破例没有坐在麻将桌边，而是在厨房里忙活，公公也在一边帮忙，家里的气氛挺活跃。林桦用小勺喂钟央吃了些米粥就坐在床边陪她说话，钟央沉浸在幸福中。林桦的手机又响了起来，他接起来，看了看钟央，犹豫了一下，但很快还是答应了什么。

"央央，你先睡吧，我出去一下。"

钟央异常温柔地点了点头说："你去吧，早点回来。"就微闭上双眼。林桦给钟央掩了掩被角，匆匆出门而去。

　　钟央一觉醒来，见林桦已经躺在身边沉沉地睡着，连衣服也没脱，浑身散发着一股酒气。他是太累了，钟央心疼地抚摸着林桦宽厚饱满的额头，他却重重地把身体翻向了另外一侧，整个床也因此跟着颤了起来。林桦胖了，甚至微微挺起了将军肚。钟央不知道他每天在外忙些什么，可喝酒却是他每天必修的。这就是那个曾经身形矫健的大男生吗？是那个和自己相知相恋了七年的人吗？噢！天啊！此刻的他怎么变得这样陌生了呢？

　　不知是因为钟央身体的不适，还是真如王丽娟所说，那个张主任在有意踢开她这个"绊脚石"，张主任早上刚进办公室就对钟央所做的一切工作大为不满。钟央实在是厌恶了这种端着官腔教训人的嘴脸，一气之下就跑回家来。林桦显然是刚刚起床，从洗漱间里探出头，嘴角还挂着牙膏沫说："央央，没事吧？"钟央坐在梳妆台前，没有答话，望着镜中的自己，她有些惊讶。自己好像老了许多，脸色蜡黄，嘴唇也没有光泽。她叹了口气，就蜷在了床上。林桦给她轻轻盖上被子，钟央一甩手把被子扔到了一边，大声嚷道："走开！"林桦吓了一跳，怔了一下，走到客厅。一会儿隐约听到他与母亲的谈话："妈，你看钟央没事吧？""有什么事？哪个女人不生孩子？我一连生了你们姐弟五个，哪个不是到生的时候手里还干着活？现在的年轻人呀！啧啧……"钟央听不下去了，又胡乱地抓起被子蒙到头上。

林桦蹑手蹑脚地走进屋，关上房门，掀开钟央头上的被子，笑着说："可别把我儿子闷坏了。"

"老公，抱抱我。"

"没事，哪个女人不过这一关呢？"

"我想换个工作，我感觉一直在浪费时间，甚至是浪费生命。我要像刚出校园时那样出去闯一闯，去实现我的理想。"

林桦打断了她的这段慷慨陈词："一会儿要搬家，一会儿要换工作，都快当妈妈的人了，怎么还那么幼稚。"

钟央生气地坐起身："难道一个女人除了结婚、生孩子就没有别的目标了？林桦，以前你不是这样的。你什么时候变得这样大男子主义了？我还告诉你，要不要做这个妈妈是我的权利。"

"你敢，这个孩子是我的，我不允许任何人伤害他！"说完林桦拂袖而去。

静，从来没有过的宁静笼罩了整个小屋。墙壁上挂着林桦和钟央的大幅结婚照，他们依旧幸福地笑着。这笑容仿佛昨天还有过，而今天怎么就变成了愤怒的表情？泪又从钟央的眼里淌出来，滑过嘴唇的时候，是一种苦苦的、咸咸的滋味。她不知道自己是应该爆发，还是不要破坏这份宁静，沉默下去。

路灯一盏一盏地亮起来，由暗到明，衬托得行人的脚步更加匆忙了。钟央漫无目的地走在马路边，纤弱的身体在忽明忽暗的树影里穿行。她的心里乱乱的，不知道该如何理顺发生的一切。公园里有好多出来乘凉的人们，小孩子们在一起追逐嬉戏，老人们在扭秧歌，一对对幸福的伴侣也在悄悄地说着情话，每个人的脸上都挂着幸福的笑容。仰起头，深蓝色的夜幕里满天的星斗不停地眨着眼睛……忽然，她一下子失去了重心，整个人淹没在无尽的黑暗里。

雪白的病房里，林桦静静地看着床上的钟央，她似一只失去灵魂的蝴蝶，在那静默着。耳边回响着医生的话："病人只是右侧小腿及胳膊擦伤，但是精神紧张、身体虚弱及外部撞击，造成了流产。"

他真的是后悔了，他应该陪在她身边的。林桦见钟央慢慢地睁开了双眼，便随手拿起一个橘子慢慢地剥着。钟央觉得身体都不是自己的了，动了动，一股热流从身体里涌出，她顿时傻了，僵在那，脑子里"嗡嗡"地响着，嘴里轻声叨念着："孩子……我的孩子……"她忽然攥着林桦的双手，"不，我不是故意的。"这句话一出口，林桦的心猛地一下缩紧了，他把手里的橘子重重地摔在桌子上，逃似的跑了。黄色的汁水从裂缝处涌出，迸溅得四处都是。

钟央决定离开了，在她身体尚未康复的时候就已经这样决定了。她像往常一样把屋子收拾得干干净净。小屋里保持着往日的温馨，就像什么也没发生过。在去车站的路上，她看见幼儿园的孩子们正在做早操，动作笨拙又滑稽，有一个小男孩甚至在那蹦蹦跳跳地瞎撞别人。钟央的嘴角挂着一丝苦笑，心里默念着："'轻轻地我走了，正如我轻轻地来。我挥一挥衣袖，不带走一片云彩……'别了，我的爱。"

彷　徨

临近黄昏的时候，钟央才到达目的地——她曾学习、生活了四年的海滨城市。道路比以前宽了，建筑物也比以前更高了，时尚的女孩子们穿着靓丽走在街上，各种柔美抑或劲爆的音乐充斥着人们的耳膜。钟央陶醉在一种欣喜中，被禁锢了许久的心扉"刷"地一下子敞亮了。她提着行李，寻回以前和同学们的租住地。这里似乎还是老样子，只不过小小的四合院没有了以前的喧闹，房门大都紧锁着。钟央一下就望见了那间挂着蓝色窗帘的小屋，那是她曾经住过的屋子。她快步走过去，门从里边反锁着，她惊喜地敲了敲门，一下，两下，三下……好久才有一个因刚刚睡醒还沙哑着的声音不耐烦地嚷道："谁呀？"

"啊！打扰了，向您打听一个人。"

屋里窸窸窣窣有趿着鞋向外走的声音，门"嘎"的一声打开了，一个蓬头垢面的女孩穿着睡衣立在钟央眼前。钟央迫不及待地朝她脸上看了看，惊喜地叫道："小荷！"那女孩一听迅速地抬起了头，把额前的几缕长发向后拢了拢，定睛一看，也大叫道："钟央！"两个人就相互拥在一起又跳又叫。

徐小荷是钟央上大学时同宿舍的姐妹，也是最好的朋友，这次钟央回来就是冲着徐小荷来的。欣喜过后，徐小荷把钟央领进小屋，在杂乱无章的床上拾掇了一块地方让钟央坐下。

"你呀，一点儿都没有变，上学的时候就不爱收拾，害得我经常给你叠被子。"

"散漫惯了，要不怎么老也嫁不出去。"俩个人嘻嘻哈哈地说笑着。

"三年了，你这次回来度假呀？林桦呢？他没有和你一起来呀？"

一提到林桦，钟央咬了咬干涩的嘴唇，低垂着眼帘说："他，他忙，经常出差。"徐小荷停下手里的活，认真地看了一眼钟央。凭她对钟央的了解，已经觉察出其中有些异样，但钟央是个倔强的女孩，她不愿说，她也就不再问，马上岔开话题说："我陪你出去转转吧！"

"好呀，咱们去海边吃烧烤吧！"两个人一拍即合，高高兴兴地走出小屋。

　　穿过一片闹市区，走在通往海边的林荫道上，海风吹来，路边的树木张扬地伸张着枝叶，零零散散的阳光还很刺眼。徐小荷穿着一件小小的白色吊带背心，上边露着肩膀，下边露着肚脐；下身穿着一条牛仔短裤，紧紧地绷着，屁股上的肉很不舒服地随着走路的动作一扭一扭的；脚上踩着一双很精致的透明的鞋子。唉！时间、环境就像一个雕刻者手中的刀子，它能把细碎的皱纹刻到女人的脸上，能把原本自然的东西抹杀得面目全非，也能把这个从山沟里出来的小丫头雕琢成为一个都市女孩，而且不留一丝原本的痕迹。

　　"你过得好吗？在哪儿工作？"

　　"生活嘛！你也看到了，还窝在那个小屋里呢！平常在一家复印社工作，业余时间在商场做促销、在酒吧做招待，什么都干。"

　　徐小荷的一番话令钟央有些惊讶。

　　"干吗那样看着我？我知道你向来清高，可是小姐呀，大学生算什么？满大街都是！"

　　钟央看着那张细致勾画的脸，感觉到了距离，感觉到了陌生。

　　渐渐地听到海浪涌动的声音了，穿过一座高大的建筑物，一片蔚蓝色的海洋闯入视野。钟央抑制不住心中的狂喜，拉着徐小荷向大海奔去。柔软的沙滩在她的脚下陷出一个个脚印，奔涌的海水推着一层层白色的浪花打在她的腿上。钟央在海水里跳跃着，奔跑着，不停地大叫着："哎！大海，我回来了！"

剧烈的奔跑使徐小荷扭了脚，她坐在沙滩上揉着痛处，无可奈何地看着钟央。钟央满脸兴奋，冲着她笑了笑："没事吧？我太高兴了，你知道在那个小城市过着每天上班、下班的生活，真把我闷坏了。"两个人搀扶着走到一张靠边的烧烤桌边坐下。

"你吃什么？"徐小荷歪着头问钟央。

"两只鱿鱼，一听可乐。"徐小荷补充道："多加辣椒。"两个人不约而同地笑起来。

"央央，你一点儿都没变，这吃鱿鱼多放辣椒的习惯还是林桦给你惯出来的呢！"

一提到林桦，气氛又降了下来，钟央两眼望着海面轻轻地说："是呀！那时候做烧烤的还少呢，每个周末林桦总要骑单车给我买回烤鱿鱼。"

"你们吵架了？"

"我需要些时间考虑一下我们的事情。"

徐小荷边翻动着火上的食物边说："如果你们的婚姻都如此脆弱，我想我是对爱情彻底失望了。"

"不要提不高兴的事了，说说你吧！还待字闺中呢?"

"我遇到的那些人都是混蛋！甜言蜜语地跟你说有房、有车、有存款，结果呢? 穷光蛋一个，无非是想骗你跟他们睡觉。"

"你别太悲观了，再者，两个人生活在一起也不是冲着钱去的。"

"你可别指望我跟谁啃着窝头谈恋爱，这个世界太现实了。"

钟央见两个人意见分歧较大，也无奈地笑了笑："说点现实的，你帮我找个工作吧。"

"你没开玩笑吧? 真的不回去?"

"我那边的工作已经辞掉了，我带的钱不多，得尽快解决工作问题。"

"现在要想找专业对口的工作很难，如果你愿意，我可以介绍你到饭店先端盘子，然后再慢慢找。"

"行，先解决吃住问题再说。"钟央喝了一大口可乐，爽快地答应了。跳跃的气泡刺激着口腔里的每一个细胞，这就是城市的味道吧，干脆又令人兴奋不已。

一大早，徐小荷就急急忙忙地赶着上班去了。钟央穿梭在繁华的街道上，买了一些日用品，又顺便浏览着街道两旁的小广告，看有没有合适的工作。临近中午，钟央准备乘公交车回去。等车的人很多，加上炎热的天气，每个人的脸上都挂着一丝倦容。远远地驶来一辆大巴，钟央正眯着眼观望，只听有人喊了一句"咪咪，快走，车来了"就被一只健硕的大手拽着向前跑。其他人也都发疯般向迎面的车跑去，钟央被夹在人流中来不及反应，就随着那只手往车上跑，还很幸运地占到了一个位子。钟央打量着那个人，是一个二十几岁的小伙子，眉宇间带着几分英气。他喘着粗气，扭头见了钟央，表情就僵在那了，钟央忍俊不禁："你搞错了。"那男孩一脸的尴尬，嘴里不停地说着"对不起"。

"还不快下车。"

"噢，对！师傅停车，停车！"小伙子分开人群，急匆匆地向车门走去，临下车还冲钟央招了招手。

这个令人不温不火的遭遇，勾起了钟央许多回忆……

那是一个秋日的午后，钟央刚刚走进大学校门，秋日的忧郁和远离父母的思乡之情积聚在心头，令她不能释怀。钟央缓缓地、漫不经心地走在校园的林荫道上，秋天的太阳顺着树叶的缝隙懒懒地照在她的身上，钟央低头捡起几枚叶子，在手中旋转着、欣赏着。

"哎呀！"她忽然被重重地撞了一下。钟央真想对这个莽撞的人大发脾气，抬头一看，一个穿着蓝色 T 恤衫的男孩子一边连连说着"对不起"，一边从地上捡起一本本散落到地上的书籍，那滑稽的样子又让钟央转怒为喜。这就是她与林桦的第一次相遇，美好得有点罗曼蒂克。

大约四五点钟的时候，徐小荷风风火火地跑回来了，一进门就对钟央说："工作的事你想好了吗？如果决定了，我现在就带你过去。"钟央从床上一跃而起："行啊！你办事挺利索嘛！"徐小荷拉住钟央很严肃地说："端盘子，挺累的。"钟央挑了挑眉毛："我吃得消，走吧！"

钟央随徐小荷来到一个叫作"海南渔村"的饭店，整个装修都是采用田园风格。正值用餐时间，店里客人嘈杂。一个穿西服的女人上下打量了一下钟央，说："试试看吧。"就让她和一个叫香秀的小姑娘一起干活。安排好一切，徐小荷拉着钟央的手说："委屈你了，我也只能帮你这么多。这是我的电话，干不了就回来，我还有事先走了。"说着匆匆离开了。

"刚来上班都得在这先熟悉菜名，等有机会了才能进大堂、进雅间。"工作间歇时那个叫香秀的小女孩操着夹杂东北口音的普通话向钟央解释，那眼神里充满了对未来的渴望。几个从事同样工作的小男孩不但经常偷懒还不时地开玩笑取笑她，她好像没听见似的，任劳任怨地干着活。

钟央将各式各样丰盛的饭菜从后厨分送到大堂和各个雅间，一会儿就觉得浑身酸疼，汗如雨下。当她端着两大盘基围虾路过楼梯的时候，实在是有些坚持不住了，就把托盘放在楼梯扶手上，借机把一只脚从鞋子里放出来才觉得舒服了些。从后面过来的香秀一把接过钟央手中的托盘说："快穿上，经理见了要罚款的。"说着一只手托起一个托盘上楼去了。

大约是晚上十一点多，客人才陆续走完，饭店里的人也开始吃晚饭。香秀给钟央端过饭菜，只见那菜旦漂着一层红油。钟央吃了一口，辣得她直流眼泪。香秀呵呵地笑了起来，汗涔涔的脸上充满了稚气："这里大多是南方人，他们爱吃辣椒，没办法，适应了就好了。我开始也吃不惯。"说着又左看看右看看，像变戏法似的拨开一层米饭，里面露出几个包子，"给，吃吧，小笼包！我从我姐姐那要的。"香秀的姐姐香草生得膀大腰圆，是小吃部的师傅，每天做甜品、蒸包子，香秀就是通过她姐姐来的。"走菜！"厨房里有人在喊了，香秀迅速地放下碗筷就往外跑，又回过头来悄悄地对钟央说："快吃，别让别人看见了。"

回到那个十几个人的大宿舍，已是午夜，管宿舍的老太太扔给钟央两个脏兮兮的床单。钟央从行李包里拿出自己的床单铺了床，躺在床上就沉沉地睡了。不知过了多久，一阵喧哗声把钟央吵醒，她觉得四肢都不是自己的了，浑身各个关节酸疼得难受。她抬起头，见一群穿着入时的女孩子刚刚回来，嘴里叽里呱啦地讲着南方话。钟央听不懂她们在说些什么，只见她们一会儿哈哈大笑，一会儿又惊奇地怪叫，有的还喝多了在那哇哇地吐。钟央的精神都要崩溃了。她紧锁眉头，用毛巾蒙了脸，在那暗自神伤。忽然她感觉有一双有力的手在她的腿上轻轻地捶着，她掀开毛巾一看，是香秀。香秀冲她微微一笑说："舒服点了吧？央央姐，看你就像城里人，咋来干这个？"钟央也笑了笑说："很晚了，你也去睡吧！我没事。"

今天是星期天，还不到吃饭的时候人就已经很多了，香秀被临时调到大堂帮忙，那几个小男孩也不知道跑到哪偷懒，传菜的只剩下钟央自己了。一连炒出来两盘茼蒿，钟央端起就往大堂走，递给大堂的香秀："6 号桌、12 号桌各一份。"香秀接过托盘又喊回了钟央："12 号要的是素炒茼蒿，这两盘都是蒜茸茼蒿，你再回去看看清楚。"

钟央又端着那盘菜跑回厨房，迎头正碰到那个女经理，她连问也没问就冲钟央嚷道："端着这盘菜走过来走过去，你是在工作还是在逛商店？"钟央忍住心中的怒气，装作没听见，一直朝厨房走去。

忙了大半天终于可以歇会了，钟央长舒了一口气，忽听大

堂里一阵骚乱，隐约还有香秀的声音。钟央快步跑过去，只见
一个肥头大耳的男人正拉扯着香秀，嘴里还嚷着："小……姑
娘……态度……好！小费……我给的……"显然是喝醉了。钟
央最讨厌这种财大气粗的人。旁边的人都只看着没人管，钟央
见到香秀可怜的样子，火气更大了，她端起桌上的一杯茶水冲
着那个胖子的脸泼过去。褐色的液体和一片片泡开的茶叶布满
了那张胖脸，那个胖子被钟央这突然的举动吓愣了，边用手擦
着脸上的水滴边张口喘着粗气。那一桌子人都站了起来，冲着
钟央过来。钟央拉着香秀往外走。大堂里乱作一团，有起哄叫
好的，有嚷着叫经理的。香秀被吓坏了，跟在钟央后面抹
眼泪。

"站住！跟客人赔礼道歉。"女经理挡住了她们的去路。

"你不问问为什么？"

"我不管为什么，你这样做就不对。"

"装傻！"

"你被开除了！马上走人！"

"走就走，谁怕谁？"

钟央一气之下跑出饭店。路口的红绿灯交替变换着颜色，
习习的凉风吹乱了她的头发，她长长地吁了一口气，脑子里一
片空白。

"做了打抱不平的女英雄还有什么不高兴的？"

一个个子高高的男孩站在钟央面前。

"我认识你吗？"钟央不屑地扫了他一眼，就要离开。

"你忘了？那天在公共汽车上……"

钟央上下打量了他一番，才认出来是那天拉错人的那个小伙子："是你呀！小弟弟，来看我的笑话？"话语中带着一股蛮横。

"不是有意的。不过，你工作肯定没了，不介意的话跟我联系。"说着从上衣口袋里摸出一张纸，在上面迅速地写着什么，然后递到钟央面前。钟央看着他，并没有去接，那人就把纸条塞到钟央手里，转身穿过马路，消失在夜幕中。借着橘黄色的路灯光，钟央看见上面写着：石磊，电话：××××××××××××。看着那黑色的字体，她笑了笑，把它托在手中，轻轻吹了口气，那张纸条就随风而去了。钟央把双手插进衣袋里，向相反的方向走去，走了两步又停了下来，转身回来，在路边的草丛里寻找那张纸条，却怎么也找不到了。钟央失去信心了，就坐在马路牙子上发呆，却看见那纸条在草丛中随风一动一动的，像是在嘲笑。她迅速地捡起来，在手中翻看着，情不自禁地笑起来。

徐小荷穿着一件粉红色的吊带睡裙，一边刷牙一边含糊不清地说："我早知道你干不长，就你这臭脾气也就林……"林桦的名字还没说完又赶紧改了口，"谁受得了。"钟央也不理她，趴在床上摆弄着那张纸条。

徐小荷见钟央不搭话，走过去抢过纸条说："看什么呢？'石——磊'？行啊！才这么几天就有人交换电话号码了？"

这个时候钟央很反感她开这种玩笑，抢回纸条说："瞎说什么，他给我找了个工作。"

见钟央真的有些生气，徐小荷也收起她玩世不恭的态度说："做什么的？"

"还不知道呢！"

两个人躺在床上，望着天花板，沉默了好一阵。徐小荷对钟央说："林……桦，"顿了顿又说，"今天给我打电话了。"

钟央表面上还继续沉默着，可心却怦怦跳着，竖起耳朵听徐小荷往下讲。"他说他知道你在我这就放心了，过些时候，等你心情好些他就来接你。"

钟央脑子里全是林桦的样子，她开始强烈地想念那个曾经全身心呵护着她的人，但是她不知道该怎样理顺他们现在的状况。心里乱乱的，便把头深深地埋进枕头里，默默地告诉自己：干脆什么都不要想。

一大早，钟央就试着跟那个叫石磊的男孩联系，电话接通后响了好一阵才有一个懒懒的声音答："哪位？"

停了约有五秒钟，钟央才为难地回答："啊……我……你好……"

"这样，你知道滨海路吗？我在路口等你。"对方迅速地变了口气，好像跟钟央是相识多年的朋友一样，不由分说地讲着话。

她照石磊所说的地点来到滨海路路口，远远地就看见瘦高的石磊等在那里。今天，他穿着白色Ｔ恤，外罩一件深蓝色的衬衣，下身穿一条洗得褪了色的牛仔裤，脚踩一双运动鞋——从钟央遇到他的那天起他就是这样一个大男孩形象。

"嗨！我就知道你会跟我联系的。"石磊边迎着钟央跑过来边说。

"是有点幸灾乐祸？还是乘人之危？"钟央红着脸说。

"现在这个社会像你这样性格的女孩子，少见。她们在想达到目的的情况下通常都是不择手段的。"

"你要耍贫嘴我可没工夫。"钟央真的有点生气了，转身就要离开。

"别，别，说点正经的。我告诉你名字了，你还没告诉我呢？"

钟央不搭理他，快步地向前走着。

石磊带她来到一个叫作"邀你入梦"的摄影工作室。一进门，两个迎宾小姐就改变了端庄的姿态，冲着石磊大叫："帅哥来了！"顿时屋子里的人们都把目光锁定过来。石磊像个明星一样同她们打着招呼。这里的气氛令钟央很不自在。

"你带我来这里做什么？"

"给你找一份适合的工作。"

"什么工作？"

"嘘……"

他们来到一间黑洞洞的小屋里，石磊示意她不要讲话。只见一个梳辫子的高个男子正在为一对情侣拍摄婚纱照。石磊从柜台上拿起一本相册，给钟央翻看着。

"对这些照片进行后期艺术制作，怎么样？"

"开什么玩笑？我可是学机械出身的。"

"这种工作不需要学历，只要有悟性。当然，这只是个入门阶段……"

两个人正说着，摄影师已经拍完一组照片。他们休息的时候，石磊走过去说："李哥，生意不错呀！"

"混饭吃吧！好几天不见你，你小子又上哪野去了？"那个人也不看石磊，一边忙着手里的活一边说。

"先给你介绍个人。"

那个叫李哥的人才抬起头："嗯，叫?"

"钟央!"钟央赶紧答。

"李东升。"那人很客气地伸过手来。

整个谈话过程是在一种激昂的气氛中进行的，李东升侃侃而谈，钟央虽然对艺术一窍不通，但对那个安静的工作环境很满意。

回来的路上，石磊对钟央说："我是美院的研究生，李东升是我在西北旅行的时候认识的铁哥们儿。他现在开影楼主要为了谋生，而他真心想干的还是搞摄影。他每年都会给自己放几个月的假，拿影楼里挣来的钱去西部采风。你先在影楼熟悉一下，以后再慢慢接触其他的。"

"你怎么知道我能行呢?"

"凭感觉，我们这种人很相信感觉的。"

已是初秋的时候，北方的傍晚有些凉意，钟央抱起双肩。

"你怎么会到饭店里端盘子呢?"

"劳动是不分贵贱的。我有一双手就要养活我自己。"说这话的时候钟央心里闪过林桦的样子，于是两个人沉默着。钟央也不知道为什么自己就相信了石磊，还让他给介绍工作。也许在自己最无助的时候，石磊就像一根救命稻草，自己想不抓，但出于求生的欲望还是本能地接受了。

第二天钟央早早地来到影楼。临近国庆节了，来拍照的人挺多，人们忙忙碌碌的，各干各的事情。化妆师柳映雪走了进来，她留着很时尚的寸头，打着啫喱，每根头发都直直地竖在那，看起来很精神，却总是一脸的忧郁，说起话来柔柔的，并且带着一种自命清高的姿态。这使得她在一群人中显得格格不入，也增加了钟央的好奇。

"这样的照片装饰应该再浪漫、温馨一些。"柳映雪拿起一张粉红色的衬纸放上去，效果果然好多了。钟央还想和她说说话，柳映雪却不知什么时候离开了。

快到中午的时候，石磊又跑到影楼来，兴冲冲地来到钟央工作的小屋，见了钟央问："感觉怎么样？"

"你不上课吗？"

"下课了。我们去吃中午饭吧！"

"你先去吧，我的工作还没干完呢！"

两个人正说着，只听外面一阵喧哗，一个穿低腰牛仔裤、染着黄色卷发的女孩子出现在门前："我说这两天怎么找不着你呢，原来在这里忙呀！"说话的语调带着一股敌意。

"咪咪。"石磊马上拽着她离开，临走那女孩还狠狠地瞪着钟央。钟央想起石磊那天在公共汽车上喊的就是"咪咪"这个名字，想必这就是石磊的女朋友了。看到她对待自己的样子，钟央不但不生气，反而笑了起来，恋爱中的女生从来都是这样傻，她一定是很爱石磊了！

徐小荷打来电话，一定要钟央回她那一趟。钟央想出来好久也没有回去看她，晚上下了班就在超市买了些零食去找徐小荷。

还没进门钟央就喊着："小荷，小荷，看我给你买什么了……"刚把东西放在桌上，却看见林桦站在那里，脸上的表情有点尴尬。钟央愣了一下就逃也似的向门外跑去。她本以为她的生活将重新开始了，可见到林桦的那一刻起，一切又都崩溃了。泪水模糊了双眼，她看不清前方的路，却拼命地向前跑着。整个世界都在她眼前晃动。

林桦追上钟央，挡住了她的去路："你这样不辞而别是什么意思？你让同事、朋友怎么看我们？"

"鞋舒不舒服只有脚知道，我没有必要看他们的脸色生活！离婚协议书我会转给你的。"林桦的话激怒了钟央，她甩开林桦，拦了辆出租车离开了。

看着出租车载着钟央离去，林桦气得不知如何是好，一拳打在公共汽车站牌子上，痛得他赶紧又把手缩了回来。

徐小荷很晚才回到住所，见林桦坐在椅子上发呆，就问："谈得怎么样？"林桦一惊，从思绪中回过神来，看了看表已经十二点多了，说："哦！我该走了。"林桦耷拉着脑袋拿起包就往外走。徐小荷忙拦住了他，一下子碰得林桦痛得皱了皱眉头。徐小荷边检查着他的伤口边说："这么晚了你到哪儿去？你的手上还有伤，怎么搞的？"

林桦抽回手说："我还是出去找家旅馆吧！"

"附近哪有好一点儿的旅馆，那些小旅馆像猪窝似的，还是在我这里凑合一宿吧！我顺便给你处理一下伤口。"

林桦也觉得有些精疲力竭了，就又坐了下来。徐小荷拿出小药箱，边给林桦擦拭伤口边问："疼吗？"

"好多了。"林桦再次抽回手。

"钟央的脾气你还不知道……"

"她现在过得怎么样？"林桦打断徐小荷的话问。

"一个叫什么……石磊的给她找了份工作。"又补充道，"在公共汽车上认识的。"

林桦头向里倒在沙发上，说："我困了，你也去睡吧。"

徐小荷讨了个没趣，便收拾了一下就到里屋的床上躺下。窗外好大的一个月亮，明亮的月光把屋子照得如白昼。她睁大眼睛望着月亮，一动不动在那想心事……

今夜，她失眠了！

林桦的出现令钟央心神不宁的，一整天都不知道怎么过来的。快下班的时候柳映雪说："怎么？不高兴？"钟央长长地舒了一口气说："没什么。"

"走吧，我带你去一个好地方。"柳映雪一脸神秘地说。

她们来到一家迪吧。在那强劲的音乐下，柳映雪简直像换了个人似的，她喝了好多酒，晕晕乎乎地随着音乐的节奏在那里摇摆。震耳欲聋的音乐可以让人忘掉心中所有的不快，酒精也能解脱所有的烦乱。钟央喝下了一大口酒，从舌头到胃里全都热辣辣的，一会儿就感觉脑袋沉沉的，眼前的东西有些飘。她抬起头却找不着柳映雪了，她分开人群，在迪吧里到处寻找，在一个角落的沙发上她看见三四个男人围着柳映雪，还不断地给她灌酒。钟央定了定神，上去拉起她就走，那些男人见了就上来阻拦。钟央愤怒地抡起手中的包向他们砸过去，大声嚷着："滚开！"那些人见状便放了手，悻悻地离去。

钟央扶着柳映雪出了迪吧的门，拦了好几辆出租车，司机们一见柳映雪在那哇哇乱吐的样子都借口走了。看着车子一溜烟地跑了，钟央气得直跺脚，大声嚷着："我要投诉你们！"

过了好一会儿，一辆出租车在她们面前停了下来，钟央扶着柳映雪正要上车，从迪吧里走出一男一女，边走边嬉闹着，伸手就拉开了车门。钟央冲着他们嚷道："你们讲不讲道理……"目光正与那个女人的目光碰到一起，不觉惊叫道，

"小荷?"那女的迅速转移了视线,向车里扔了一张百元大钞说:"小费。"司机干脆地说:"上车嘞,您哪?"

车子驶出去好远了,徐小荷还能看见钟央愣在原地,她回过头,一行清泪扑簌簌掉下来。

这眼神好熟悉,分明就是徐小荷的一双大眼睛,不会认错的,她们俩在一起待了四年……可是?可是?

"愣什么神呢?快上车。"原来是石磊开着车来找她们了。

钟央将柳映雪安顿好已经是午夜时分了。石磊靠在门边上,看着她做完这一切,摇晃着手里的车钥匙说:"好了,我送你回去吧!"

"你的车?"

"朋友的。"

钟央撇了撇嘴角笑着下了楼。路上,石磊边开车边对她说:"李哥和柳映雪本来是青梅竹马的一对,从小柳映雪就暗恋着李哥,可是他爱上了一个叫苏菲的女孩。那女孩后来到北京上学,就恋上了北京,嫁给了一个北京人。从此,李哥就把摄影当作了自己的爱人。尽管现在和柳映雪在一起,可是他心里还一直记挂着苏菲,常常一个人喝闷酒、发呆,为此柳映雪也常常和他争吵,吵完了还离不开李哥。两个人就这样磕磕绊绊地走过这么多年。一个很俗套的爱情故事吧?"

钟央并不作答，只把目光移向车窗外，出神地看着一盏盏橘红色的路灯在眼前划过一条条红线，神色黯淡。

来到钟央住所楼下，石磊执意要送她上楼，钟央也就没多推辞。两个人来到楼梯口就看见林桦靠在墙角抽烟，他以前是不抽烟的。

"谢谢你送我老婆回家，不过以后别再做这种傻事了。"见有人和钟央一起上楼来，林桦用挑衅的口吻对石磊说。

"只要她愿意，我会做一辈子傻事。"石磊毫不留情地回答。

钟央一句话也不说，打开门然后又重重地关上了。林桦叫了几次门，里面都没有动静。石磊轻蔑地看了一眼林桦，两个人一前一后下了楼。刚刚走到楼下，林桦一拳把石磊打倒在地，石磊也不示弱，从地上爬起来就和林桦厮打在一起，直到两个人都精疲力竭了，各自坐在地上呼呼地喘着粗气。林桦先站起来，拎起撕破的西服对石磊说："本来……我不想……用这种方式来解决，你好自为之吧。"

钟央双腿无力地屈起，坐在地板上，背靠着墙壁，全身被寒冷包围着。她想清醒过来，她不知道人们都怎么了。夜里她梦见了徐小荷灿烂的笑容；梦见了柳映雪欢快地奔跑；还梦见了林桦，梦见了她和林桦约会的地方，老榕树开着粉色的花朵，像夏日里天上的红云，一簇一簇的，一片一片的……

这一年的冬天来得很突然，树上的叶子还没来得及落完，一场冬雪已经悄然而至。天上又下起细雨，雨水打在雪地上，白皑皑的一片就越显得晶莹，人们踩在上面，陷出一个个大小不等各式各样的脚印来，有的地方被踩得多了就成了一片烂泥。钟央的生活显然比这淡然的天气要紧张得多，她不仅在影楼做美工，还给李东升创作的广告做兼职文案，工作紧张而又充实。市场经济下，人们是靠时间和智慧抢占先机的，有时候他们的创作方案被客户否掉十几次，为了在合同时间内交工，只有没日没夜地加班。这次，他们接了一个汽车的广告创作工作，已经两天一夜没有合眼了。李东升拍摄了几十张这种车子的照片，石磊负责构图，清冷的工作室里只有钟央手中的咖啡冒着一丝温暖的热气。几个方案否定下来，他们三个只有看着一张张画面深思。

"既然这种跑车是针对家庭的，布局就应该尽量温馨、浪漫些。"钟央首先打破沉静提议。

"颜色嘛……白色太单调，黄色太扎眼……红色！中国人还是偏爱这种喜气一点的颜色的。"石磊亮声向李东升征求意见。

"我觉得思路是对的。"李东升也肯定地点点头。于是三个人又开始忙碌起来。天蒙蒙亮的时候电脑显示出一副画面：一双亲密的伴侣相依在红色跑车边，张望着面前的蓝色海水，背后绿树、青山……钟央看完画面，推开工作室的门向阳台走去。一股刺人的寒风袭来，天边一片火红的朝霞正托起一个金色的太阳……

> 流水，薄雾，凄美花，
>
> 清澈，朦胧，一抹红，
>
> 你匆匆脚步载我漠漠柔情，
>
> 穿山越岭，跋涉尘世……
>
> 不恋两岸春光尚好，
>
> 只为你的每一段急流，每一个漩涡，
>
> 舞姿弄影！
>
> 不在乎是源头还是水尾，
>
> 跟你去流浪！

一首柔情蜜意的小诗，在钟央笔下一气呵成。

"是不是又在想林桦？"石磊一脸憔悴，凹陷的双眼紧紧地关切着钟央。钟央抿着双唇将头贴向水杯，深吸一口热热的气体又仰头向天，尽力地不让泪水流出来。是倔强让人变得太过愚蠢，她和林桦都拥有太过骄傲的灵魂。对待林桦，钟央也想有一份释然，例如两个人像朋友一样，偶尔通通电话，吃吃饭，彼此都不再强求什么，那该多好呀！生活也许就可以这样平静地过下去了呢！

完整的广告创意出来以后，客户颇为满意，尤其对那首案头小诗极为赞赏。为此，李东升特意决定放松一下："先睡上他三天三夜，然后我们去后山游玩一趟。"石磊兴致勃勃地举双手赞成，钟央却提不起精神："天气这样糟，上山游玩简直是活受罪。"

"哎？这你就不懂了吧！"李东升反驳道。

"她不愿意去也就算了，你以为你的生活规律谁都能适应呢！我去不去还没准呢！"柳映雪在一旁插了话。石磊也便改口说："也是，到时候再说吧！"

早上，钟央睁开双眼已经是十点多钟了，窗外白得刺眼，光芒万丈的金色太阳将所有的光环给予了这个城市。一种极其愉悦的心情笼罩着钟央，打扮一番后，她决定去徐小荷那看看。走在马路上的人们都为这个好天气绽放了笑容，一群小孩儿旁若无人地在人行道上打着雪仗。突然一股雪花铺天盖地袭来，落在钟央的头发上、脸上、衣服上、脖子里，甚至迷了她的双眼，待她尖叫着逃出来，只见五六个小孩子已经连滚带爬地欢笑着跑远了。

"真淘气！"钟央心里责备着，脸上却依然开心地笑着。

连着敲了有好几分钟的门，也不见有人开门来。"这个死丫头又疯哪去了？"一边想着，钟央一边准备离开，门却慢慢开了，露出徐小荷表情尴尬的一张脸。钟央觉得奇怪："怎么才开门？"便要推门而入。徐小荷却将她挡在了门外："啊！我这不方便。"

钟央有些恼火："小荷，生活再困难也不能出卖自己呀！你还年轻……"

"少讲大道理！既然你都知道了，我也不瞒你。"徐小荷将门大敞大开，钟央看见的是熟悉的衣衫和行李——林桦！是林桦的！钟央傻傻地愣在那，足有两分钟，转过头看着徐小荷有些花了妆的脸，厌恶之火熊熊在心中燃烧。

"啪！"徐小荷的脸火辣辣的。

"你无耻！"钟央浑身发抖，连声音都跟着发抖。

钟央不想再多待一分钟，踉跄着跑出小院。她不敢相信，一个是自己曾经亲密无间的爱人，一个是自己无话不说的闺中密友，却双双背叛了自己，自己好像是一个大笨蛋，还全然不知。想到这，她就要蹲在路边痛哭，一会儿，又疾步地向前走，不管路人怎样看她，不管……

她径直地找到石磊的宿舍，不顾一切地扑到他的怀里，放声大哭。她受伤了，而且伤得很深，她需要一个宽大的臂膀依靠。不知道过了多久，她沉沉地睡去，又不知道过了多久，她睁开已经浮肿的双眼，看见石磊端着一碗热面等在她床前。

"石磊，现在我只剩下你了……明天我们去后山吧！"

大片大片的云彩布满了蓝得透明的天空，在后山的山尖上变换着形状，与一片片风化了的雪遥相呼应。李东升、柳映雪在前，石磊、钟央在后，四个人在这样一个清爽的早晨出门，享受大自然赐予的好心情。斑斑驳驳的残雪总会在不经意间反射出一道亮光，以警示人们它们的存在。在向阳的石隙处也会发现一两个稚嫩得还有些发黄的幼芽，令钟央抑制不住地惊喜："快来呀！看！这有一棵小草发出嫩芽了！"李东升根本不理她的尖叫，拿着相机，像一个贪吃的孩子见到食物般迫不及待地按着快门。不管是刚出生的小草，还是缥缈的白云，都不能引起柳映雪的注意，她紧随李东升的脚步，不时捡起他掉在地上的手套或围巾。其他的一切都看起来那样平常。石磊找到一块干净的平地铺上台布，又找来一些干树枝引火为大家准备午餐。

"石磊，看，那边有条小河！"钟央像发现新大陆般指给石磊看。

"走，看看去。"两个人相互搀扶着向那条小河走去。百分之八十的河面已经冰封了，只有河心处还涌动着河水，一缕缕雾气飘浮其上，平滑的河面被一块块大小不一的鹅卵石分得七零八落。在一块约二尺见方的冰面上他们发现了一条被冰冻住的小鱼，那条小鱼看起来只有拇指大小，但冻僵的身体还呈现出挣扎的曲线，可见它被冻僵前是多么无助。

"我能感受到它当时的痛苦！"钟央喃喃地说。石磊跪在冰面上，拢起双手向下打量小鱼所在的深度，然后掏出劈柴用的小斧头，用力地向冰面凿去。冰碴溅了钟央一脸，她却欢笑着说："面积大一点，小心伤着它！"

直到石磊累得气喘吁吁了，冰缝处才冒出水来："就要成功了！"

一会儿工夫一个大冰块载着那条小鱼出现在钟央的手上。石磊找来一个塑料袋又去河里盛了些水："把它放进去，这样它醒来时就不会很痛。"两个人像寻到宝贝一样小心翼翼地往山上走，钟央不时地提起袋子冲着阳光观察一下冰融化的程度。石磊仰头向天，大声朗诵起高适的一首《别董大》："千里黄云白日曛，北风吹雁雪纷纷。"钟央也附和着："莫愁前路无知己，天下谁人不识君。"

这幸福的一切没有逃脱一个人的眼睛，她就是石磊的女友——金咪咪。

钟央不记得金咪咪是怎样冲向她的，也不记得自己是怎样被撞昏的，她只有一个信念：把小鱼保护好。即使民警到她的病床前问笔录，她也只顾死死盯着那条已经获得自由，在玻璃杯里悠闲地游来游去的小鱼。柳映雪接到李东升的电话后准备出去了，临走时说："石磊见你被咪咪打昏了，一失手将她推下山去。咪咪现在还在昏迷，如果她醒不了，不能证明石磊是误伤，那他这一辈子就完了！"

春暖花开的时候，在李东升和柳映雪的结婚典礼上，钟央似乎又看到了石磊熟悉的身影，蓝色的格子衫，泛白的牛仔裤，只是蓄了胡须的面庞多了几分成熟，压低的棒球帽和沉沉的背包流露出几分离别的气息。接下来的几天里钟央分别收到了两个人的来信。第一封是石磊的。

钟央：

你好！我十分感谢生活所给予我的一切。咪咪根本是一只骄傲的贵族猫，我在她的爱里几乎窒息，是你清新的微笑和率真的性格给了我属于我们这个年龄该有的活力。李哥的事业在不断发展，相信他会给你实现理想的机会。我也要去西部透透气，咪咪给了我自由，她也将是我生命里挥之不去的记忆。

保重！

第二封来自徐小荷。

我亲爱的央央：

我一直想要寻找到与你一模一样的幸福，甚至曾经不择手段地窃取它。但是我还是输了，林桦对你的爱是任何诱惑都引诱不了的。上次你看到的一切是个假象。请你原谅我！我已经在去深圳的路上，我想人生总该有得意的时候吧！……

这封短信就像上学时徐小荷常常留在钟央床头的便条一样，"亲爱的央央：我要参加一个生日聚会，不能陪你去图书馆了"，落款处用几个括号拼成一个狡猾的小笑脸，从来都让钟央无可奈何。

一扇大大的玻璃窗干净而明亮，一幅巨大的油画占据了大半个墙面，画上的老榕树枝繁叶茂，一朵朵粉红色的花朵娇艳欲滴，就连败落的残花，也将整条小路铺成一篇粉色的乐章。钟央和林桦偎依在一起，一切显得如此平静："林桦，还记得我们第一次相遇吗？"

"记得，那时你……"

旷 日 经 年

　　廖殊途懒散地坐到办公桌前时，那缕灿烂的阳光让他忍不住想起了李艾，想起了她身上那股淡淡的燃烧过的艾叶的味道。

如果没有遇见你

男人做到极致的标准就是感觉到了"累"！而累的程度要达到——身心俱疲！

男人必须身累。廖殊途他爷是农民，是农民得下田种地，一天累得跟头驴似的。廖殊途他爸是工人，是工人就得上班做工，一天累得跟刚从地底下趴出来似的。到了廖殊途这终于是个文化人了，可是学文的你得劳神费思、呕心沥血；终于熬出头来了，做了个不大不小的开发区管委会主任，每天处理杂事也费心神。

男人也得心累。在家得照顾着父母妻儿，在外得想着亲民情、朋友情、战友情、领导情……还有一种叫作"男女情"。少了哪个情你的网也织不成，你的生活也安逸不起来。

那么，从这种意义上来讲，廖殊途就真的能算作一个极品男人了！

　　今天心情不错，办公会议比预期的早结束了半个小时，廖殊途懒散地坐到办公桌前时，那缕灿烂的阳光就让他忍不住想起了李艾，想起了她身上那股淡淡的燃烧过的艾叶的味道。他从办公桌里拿出一个很私密的手机打了一个电话。电话那头的李艾正在很认真仔细地捻艾柱。她取了一团纯净陈旧的艾绒置于左手食指指腹上，用双手的拇指和食指四指边捏边旋转，令其紧实；然后再捏成上尖下平的三棱形小体，这样一来不但放置方便，而且燃烧时火力由弱到强，患者易于承受。

　　佟小麦光溜着上身趴在理疗床上，听到电话响，她昂起头来，是一张很乖巧可人的小脸。电话一直在响，李艾虽腾不出手来，却全然不顾那个艾柱，扔下了，用掌心和无名指、小指夹了电话，看了一下来电显示，若无其事地说："您好！"

　　廖殊途一听说"您好"二字就知道李艾不方便，轻声地说："哦，我改天再打！"

　　李艾有些着急地说："没有，没有，我现在不忙，我表妹昨天晚上没有盖好被子，肩膀受了风寒，一会儿就好！"

　　廖殊途迟疑了一下，李艾就又补充道："您过来吧！中午……清闲！"

　　廖殊途的嘴角露出了微笑："好吧，半小时到，你把你那边处理好！"

　　放下电话，李艾的脸上忽然挂了一种溢于言表的幸福。佟小麦用双肘架起上身，胸前挤出一道乳沟来。她伸着脖子问："谁打的电话？"

　　李艾尽量收敛着表情说："一个患者。"

　　"看把你美的！至于吗？"

　　"呵呵，给我送钱还不美啊？"说着，她将三块姜片放在佟小麦的肩胛骨上，再在上面放上艾柱点燃了，"别动，三壮就好！"

　　一股热力火辣辣地钻进来，佟小麦舒服地闭紧眼睛，仿佛进入幸福的遐想，而后又慵懒又故作神秘地问李艾道："姐，你这艾灸能不能丰胸啊？"

　　李艾脸上升腾着一种少妇的红晕："死丫头！别不知道怎么美！丰它干吗？"

　　佟小麦委屈着说："当然得丰，女人就靠这取悦男人呢！"

　　李艾撩拨着洗后尚未干透的一头秀发，呵呵地笑着说："那母猪的大，谁喜欢让谁摸去呗！"

　　佟小麦也嗤笑着："你这嘴比刀子利！"

　　"也有男人喜欢小胸的，不有个词吗？叫——尽在掌握！"两个人一起哈哈大笑着。笑了好一会儿，李艾忽然轻轻地叹了口气，有点意味深长地说："在一起还是看感情。"李艾的脑海里又浮现了那些温存恩爱的场景来。

"什么？姐，你说什么？"佟小麦扭过脸来追问。李艾连忙回答说："没什么，我说所有丰胸都是骗人的！"佟小麦悻悻地又放松了身体。

一会儿的工夫三壮艾柱就燃尽了。热力穿透了皮肤和筋骨，作用在穴位上，身体马上舒服了许多。佟小麦试着抬了抬胳膊，果然轻松了起来。她一边穿衣服一边说："哎，你还别说，我姥姥这家传秘方还真值得发扬光大呢！"

李艾一边收拾床位，一边回答："我奶奶教我这些是除病痛、做保健的，不搞邪门歪道！"

"什么话，你看现在不都在打什么滋阴、壮阳、丰胸、补肾……"

李艾一边把围巾递给佟小麦一边把她向门外推。

"你推我干吗？"

"你该干吗干吗吧，不行了明天再来巩固一次，我一会儿还有活呢！"

佟小麦哼着歌从纯阳子艾灸馆走了出来，她晚上要跟廖科去见未来公婆，确实没有时间在李艾这久留。

廖殊途把车停在百货商场的停车场就步行着往李艾处走，临进门了又悠闲地抽了根烟，收到李艾的"准入短信"后就火急火燎地往里走，刚好与佟小麦擦肩而过。他并没有在意这个很休闲的小姑娘，闷头往里走。佟小麦瞥了他一眼，然后又仔细看了看背影，忽然叫住了他："是廖主任吗？"那声音一如其人一样温婉可人，却叫得廖殊途一惊。他尴尬地愣了一下，并没有回头，佟小麦已经观察到了这一动作，抢上前去问好："廖主任您好！没想到在这碰到您了！"

廖殊途很觉扫兴，却仍很绅士地说："噢，呵呵，你是……"

"我是华为科技的佟小麦啊！中秋节和王总一起拜访过您的！"佟小麦说着在包包里翻名片，可是今天她的包里除了各种美容卡、购物卡、打折卡外并没有带与工作有关的任何证件。廖殊途也连忙拦住了她说："不用了，有事到我办公室谈吧！"

佟小麦见话不投机，又连忙说："噢！您哪里不舒服吗？是来做艾灸的吗？"

廖殊途本来不想遇见任何熟人，但是，现在他的状态已经充分证明了他的意图，再想挽回是不可能的了："噢，呵呵，只是受凉了，没有大碍！"

佟小麦的热情一下子就来了："太好了！"说得廖殊途一愣。佟小麦连忙改口说："不是，不是，我是说小受风寒你来做艾灸就对了，它不会像药物那样有副作用。"

廖殊途彻底地败兴了，他习惯性地摸了摸后脑勺，表现出了不耐烦。佟小麦仍然滔滔不绝："这是我们中国的传统医学，噢，廖主任您里面请，这是我表姐的店……"

李艾简单地打扮了一下，却并没有换掉那身民族风的工作服，廖殊途很喜欢她这身打扮，觉得在这喧闹的城市里给了他一种安静感。等了一会儿，见廖殊途还没有来，她有点急了，透过古色古香的木门望出去，天啊，佟小麦居然跟廖殊途聊得火热！廖殊途一个脚在台阶上，一个脚在台阶下，很窘迫的样子。李艾急忙开了门迎出去，佟小麦一见马上介绍说："廖主任，这是我表姐李艾，她是做艾灸的一流技师。"

廖殊途不得不伸过手去说："你好！"原本想打道回府的，但是一摸到李艾那只绵软的手，一切就都是浮云了。

"谢谢你，小佟！以后有什么事尽管来找我，那就这样吧！"说着又转过脸来对李艾说，"你好，我的颈椎今天就拜托您了！"

李艾笑了笑，冲佟小麦点了点头说："你路上注意安全啊！"然后极其恭敬地做了个"请"的手势。就这样，廖殊途像一位才子一样，风度翩翩地走进了艾灸馆，李艾像个风姿绰约的侍女一样毕恭毕敬，只有佟小麦的一句"表姐，重要客人，你得用上好的艾绒啊！"显得很是煞风景。

进了门，廖殊途并没有显现出以往的热情，而是若无其事地去更衣室换衣服。李艾透过格子窗看着佟小麦走远了，才吁了一口气，把"午休时间"的牌子挂到了门外，又马上帮廖殊途去系白色治疗服的带子，却看见他只脱去了上衣，仍旧穿着西装的裤子，腰带扎得死死的。她问："屋里冷吗？"

"不是，今天简单做一下颈椎就好了！"廖殊途还是一脸的严肃。

李艾知道今天让佟小麦扰了兴，又笑廖殊途像个小孩子一样生她的气，但是也按部就班地一道道程序来做。她先让廖殊途趴在理疗床上，然后一个部位一个部位地检查，说："这里怎么样？这里呢？"然后并不管廖殊途啥反应，就说，"你这不是颈椎的毛病，是脊椎的问题，今天要做火龙灸。"

廖殊途终于抬起身来，回头问："什么？什么灸？"

李艾强调着说："火龙！廖主任躺好吧，我先帮你开下背。"那"廖主任"三个字叫得特别重。说着李艾取过一小瓶玫瑰精油来，打开盖子，一股花香立即飘了满屋。廖殊途的脸埋进理疗床都闻到了："这么香啊！"心情好像有所好转。李艾并未答话，将几滴精油倒在手心里，边温热边冷冷地说："把腰带松了。"

廖殊途呵呵地笑了笑就松了腰带，李艾继续命令道："往下退。"

　　廖殊途动了动，李艾继续说："还退！"廖殊途又动了动。李艾很粗鲁地腾出一只手将廖殊途的裤子往下扒了扒，廖殊途"啊"地叫了一声。李艾偷偷地笑了笑，就开始熟练地推拿开了，从肩到腰再到尾骨，一节一节按下来。屋里的气氛有点沉闷，随着李艾的按压，间或能听到廖殊途的深呼吸。渐渐地，空气有点胶着。李艾的纤手缓缓地滑过廖殊途的双肩的时候，廖殊途一下子抓住了她的手，她手上的精油很滑，廖殊途并没有得逞。于是他迅速地翻坐起身来抱紧了李艾。李艾像从湖里刚捞出来的一条鱼一样扭动着身体，撒着娇："不是说简单地做一下颈椎就走吗？"

　　"我哪里舍得走呢？"

　　"我哪知道你们会碰到啊？"

　　"我们？谁？"廖殊途有点装傻充愣。

　　李艾终于绷不住笑了，廖殊途就有了可乘之机……

爱无归期

纯阳子艾灸馆的前身是个叫"大清花"的饺子馆,很本色的木质装修,现在看上去虽然斑驳了许多,但是气质更契合了艾灸这项古老的医术。李艾接手后只做了简单的修整,艾草燃过之后也很快驱逐了那股油花子味。馆内先前只吊了五六盆兰草和绿萝,没过多久,经过李艾的移植或者水培,兰草绿萝已经遍布每一个角落了。本草的生机,本色的生活,本土的味道,也正因如此,廖殊途愿把这里当作一片世外桃源,一个在这个小城市里很安静的处所。

温存过后,李艾在廖殊途怀里只短暂逗留就起身了。廖殊途像是在官场里打哈哈一样地挽留了一下,因为他知道,没有绝对的安全,尽快打扫战场才是最明智的。还好,李艾从来都是很知趣的,从不在这件事上任性。

她穿好了衣服,俯下头来对廖殊途说:"你好好恢复一下体力吧，我该开门了！"廖殊途捧过她的脸深吻了一下，满意地眯上了眼睛。

李艾收拾了扔在地上的卫生纸，同上午留下的一些药渣滓和灰烬一起装进黑色的垃圾袋，扔到离艾灸馆不远的垃圾场。回来继续梳洗了一下，打开了《大悲咒》的音乐，跪在释迦牟尼像前开始诵经："……我今称诵誓皈依，所愿从心悉圆满……南无大悲观世音，愿我早得越苦海……我若向地狱，地狱自消灭……"

三年了，菩萨没能让她和廖殊途的孽缘有一个了断，也没有给她离开廖殊途的勇气和退路。因为她一直相信这就是爱情，错就错在廖殊途前生把她弄丢了，以至于自己晚生了十五年，十五年的时间里，一切都是错过。于是，她要求一个上上签，求未来的日子能好过。

时钟过了三点了，廖殊途比平时多睡了有半个小时，边起身边念叨着："哎哟，哎哟，睡过了，睡过了！"

艾灸馆里并无旁人，李艾一边递过衣服一边问："最近很忙吗？怎么这么倦呢？得空要连着过来调理调理。"

廖殊途一边穿一边说："呵呵，我天天来你这不得废了啊？"

两个人心照不宣地笑了起来，李艾说："讨厌！怎么成了我的不是了？"

廖殊途整理好衣衫，又让李艾左右检查了一番，确实没有什么不妥了才急急地拿起手包出了艾灸馆。他边走边掏出手机来，八个未接来电，其中有他老婆张芝兰打的六次。他首先给秘书打了电话，问有什么事没。秘书回答说没有重要的事，该拦的都拦了，只是他太太打电话问了行踪。廖殊途停下脚步说："你怎么说的？"那秘书很是沉静地回答说："您不是一直跟张市长汇报有关上访的情况吗？哪方便接电话呢？"廖殊途见能对上嘴了就说："嗯，是啊！"刚要挂断电话，忽然又补充了一句说，"你小子别总提上访啊！晦气！以后别说嘴上！"秘书连忙回答："噢！噢！知道了！知道了！"

廖殊途挂了电话，没有停一下就又给张芝兰打了过去："喂，芝兰吗？怎么我这越有事你越急啊？"

张芝兰懊悔地说："我哪里知道你汇报二作啊？这几天也没有听你说出了什么大事了，怎么……"

廖殊途不耐烦地说："行了，别烦我了，我知道什么时候出事啊！对了，你快说，你有什么事？"

"你忘了，小科今天要带女朋友回来见咱们。"一提到儿子，张芝兰马上就骄傲起来。

"我跟你说过多少次，就他交的女朋友能往家带吗？"

"我不是为了缓和一下你们之间的关系吗？这好不容易把他从深圳叫回来了，你什么事也不顺着他，指不定哪天就又跑没影了！"

"我跟你说，我给他当爹我就是罪过！"

"那当年你爹让你在车间干活，拿标兵，你不也不干，非往宣传科跑吗？"张芝兰开始揭廖殊途的短。

廖殊途又气又笑地说："呵呵，那性质一样吗？我那是往上爬，他这是往下打坠子！"

张芝兰见有了缓和的余地，好不开心地说："你要没事了就先回家吧！"

"不管怎么说不能往家带，这样吧，先在外面找个地方吃顿便饭吧！地点你定！"

"饭是定了，就在明珠，我是说让他们来家坐坐！"

"不必了，看看再认门吧！"

张芝兰听了也只好作罢，打电话给儿子廖科说让他带女朋友在外面转转，然后直接到明珠会面。

廖殊途找了一个很合适的理由给自己赢得了宝贵的时间，他需要在外面游荡一下，让李艾的痕迹尽量随风而去。现在再沐浴更衣会引起极大的怀疑，所以还是物理置换比较好。

佟小麦做了头发，又做了肉粉色的美甲，没有置办新衣，但是去掉了衣服和包包上的许多零碎装饰——穿着旧衣服她至少不会太拘谨。三点准时与廖科会了面，心里正忐忑着，廖母打来电话说五点直接到饭店吃饭就行了，让佟小麦一蹦三尺高。廖科挂了电话说："走！"

佟小麦问："干什么去啊？"

廖科说："放羊去！"

佟小麦欢呼后幸福地偎依着廖科，两个人喜滋滋地走了。"放羊"就是她和廖科一起出去疯玩的代名词。不过这次，佟小麦却明显不在状态，她总是有这样那样的担心。

"廖科，他们如果不喜欢我怎么办啊？"

"不喜欢就不喜欢呗，我喜欢就够了！"

佟小麦故做为难表情，笑了笑说："你到现在也不说他们二老是干什么的，你多少透露点，我心里好有个谱！"

"没必要，我父母就是我父母而已，没有那么多光环！"

佟小麦还想说，廖科显得有点不耐烦："佟小麦，我一直觉得你没那么世故，很纯真，很率性，所以咱们能走到一起。这样吧，你觉得我什么样才能配得上你呢？"

佟小麦噘嘴："人家不是爱你吗？所以才会在乎这些！"说着眼泪都要下来了。廖科连忙又搂紧了她说："呵呵，瞧你那样！别在我面前装嫩，也别卖萌好不好？我要是再不要你，你这大龄女青年就真嫁不出去了!"

佟小麦捶打着廖科的胸口说:"讨厌,谁要你管。我今年二十明年十八!"

"你当我是二师兄啊?"一句话又惹来佟小麦一顿粉拳。

五点,玩得不亦乐乎的两个人准时到了明珠饭店。一进门,佟小麦就感觉自己的衣服跟这环境根本不搭,新做的头发也在游乐场里又吹乱了,好在那里柔和的灯光照得肤色很好,说天生丽质也说得过去吧!

一见张芝兰倒也是个简朴的女人,佟小麦的心放下了一大半。佟小麦说:"今天天气不错,但是有风,呵呵!"

张芝兰笑了笑,马上让侍从上了杯热热的奶茶。

佟小麦就更紧张了:"不,不用,我跟你一起喝茶就行!"

廖科很是随意地拿起桌上的点心就吃,边吃边说:"那你想说什么呀?"

佟小麦偷偷地打了他一下说:"我是说,可能今天穿得不太正式,失礼了!"

廖科嚼了满嘴说:"得,下次穿旗袍就正式了,我要不要一起跟你请安啊?"

佟小麦脸通红,张芝兰很开心地笑着说:"这孩子就会贫嘴!没关系的,我们不讲究那些,衣服穿着舒服才是最重要的。尤其是像我们这样的人家，不能太扎眼！"

佟小麦啜饮了一小口奶茶，却听得一头雾水。

张芝兰又连着打了两个电话催廖殊途，他才带着一身寒气进了门。佟小麦不知道说什么好，只能一直将那杯奶茶端起来再放下，偶尔喝上一小口。廖殊途是从她后面过来的，一直在跟张芝兰强调堵了车，来晚了。佟小麦放下杯子，欠身离座，见了走过的这张脸，一口奶茶没咽清就呛着了，她剧烈地咳了起来，扭身往洗手间跑。

廖殊途看着背影有点熟悉，但是并没有想起她是谁，跟张芝兰说："我说这样的女孩子不行吧？没见过世面！"

廖科端了杯水跟着佟小麦到了洗手间，急着问要不去医院。佟小麦咳了好久，终于把那一小口奶茶咳出来了，深吸了一口气说："你爸是廖殊途？"

廖科叹了口气说："是啊！他能把你吓成这样？"

"开发区管委会主任——廖殊途！"

"我说你见过大官吗？"

"也是！"佟小麦用双手当扇子一样在脸旁扇着，"我不是怕他，是……太突然！"

佟小麦和廖科一起回到餐桌前，张芝兰对佟小麦的第一印象打了折扣，这不叫"有失体统"，但也叫"有伤大雅"。

廖殊途手中翻着当天的晚报，还沉浸在一条新闻当中，右手端着茶水，慢慢地喝着。张兰芝见佟小麦和廖科落了座，连忙说："老廖啊，儿子和小佟过来了！"

廖科心不在焉地叫了声"爸"，廖殊途抬起头来，看见佟小麦这张脸，他也一激动，一大口茶下去，噎得他半天喘不上气来。张芝兰又是拍又是捶的，忽然问："咦？这是什么味道？"

廖殊途已经把这个佟小麦视作自己的扫把星了，好像自己马上就要毁在这个女孩子手里一样。他装作噎得厉害，半天没有答话。

佟小麦接过话茬说："噢，您闻闻是不是这个味道！"说着把一只胳膊伸了过去。张芝兰象征性地闻了一下说："好像是！"

"我昨天受了凉，今天来之前刚做完艾灸，可能……可能还有化妆品的香料味！"

张芝兰一听这解释也笑了，好奇地说："我听过针灸，什么叫艾灸呢？"

"就是用艾叶制成的药条，跟针灸差不多，也是作用到穴位的，只不过一个是针扎，一个是热灸！"

"噢，那不错啊！你在哪里做的呢？"

廖殊途的心又提到了嗓子眼。

"这就是一个土方，我奶奶给我灸的。"

廖殊途的心终于放下了。

"这艾灸，有病治病，没病保健，哪天我给您拿几个药条自己就能灸。"佟小麦说，末了，又补充一句说，"噢，叔叔也有份哟！"

廖殊途连忙收起报纸说："好，好，好！哎，服务员，我们点菜！"

如果只是如果

廖殊途走后艾灸馆里再没有来过客人，这样的下午是一种常态。李艾的确也不希望被打扰，但是迫于生计必须支撑着点。

时钟指向五点一刻了，儿子乐乐坐的那趟校车还没有开过来，李艾焦急地在接送点踱着步。终于看到那辆黄色的贴满花朵和小动物的车子从十字路口调过头来了，李艾的脸上露出了笑容。

从车上接下乐乐，小家伙满脑门子的汗，李艾边强令他穿戴好边问："今天挤吗？"乐乐很是惆怅地说："当然挤了！而且越来越挤了！"

"哦？为什么？"

"天冷了，原来爸爸妈妈用自行车接送的小朋友也开始坐校车了！"

　　李艾听了忽然觉得很沮丧，乐乐却一改愁容地说："但是乐乐却可以得到老师的优待！"

　　李艾一听这话马上又笑了起来，说："噢？什么优待呢？"

　　"乐乐可以和保育员阿姨坐在司机叔叔旁边，就挤不到啦！"

　　"噢，保育员阿姨很喜欢你吗？"

　　"乐乐每天表现好，我知道保育员阿姨喜欢什么！"

　　李艾哈哈地笑了："她都喜欢什么呢？"

　　"保育员阿姨最喜欢别人说她漂亮啦，苗条啦……"

　　李艾笑着笑着心里忽然又酸酸的，她摸着乐乐的小脑袋瓜，有一种说不出来的感觉，那感觉跟愧疚好像是一回事吧！

　　她俯下身来，认真地跟乐乐说："乐乐乖！妈妈努力，一定也用车接送乐乐上学！"

　　"真的吗？"乐乐睁大了双眼开心地说，"妈妈万岁！"

　　母子俩开心地拥抱在一起，李艾觉得，只有跟乐乐在一起，她才有最简单的快乐。

　　今天的晚饭很简单，两箸子挂面，两个荷包蛋，李艾特意多加了几片生菜叶给乐乐。他不爱吃，好歹哄着终于吃了两片，又把仅有的一只鸡腿给了他。

孩子在屋里一个人上蹿下跳，让李艾甚觉形单影只。

电话铃声响了，李艾看了一下，是佟小麦。她漫不经心地按下了接听键，还没等她应一声，电话那头的佟小麦就急切地说："姐，你猜廖科他爸是谁？"

李艾一听佟小麦就是沉浸在"丑媳妇见公婆"的欣喜与羞涩中，她淡淡地笑着说："谁啊？"

"哎呀！你猜猜嘛！"佟小麦仍旧在那欣喜地卖着关子。

"世界这么大，我怎么猜得出来呢？"李艾有点不上套。

"你今天还见过的！姓廖的！"佟小麦不依不饶地提示着。

李艾想了一下，突然心跳加速，但她仍然平静着语气说："我可不认识什么姓廖的！"

"廖殊途嘛！就我今天跟你说的那个开发区主任，你不是见了！"

那个令李艾不愿意听到的名字终于从佟小麦嘴里说了出来，她不得不呵呵地笑着说："哦，是吗？我只管替人分忧，不会过问人家的隐私的。"

佟小麦说："那怎么行呢？你必须把你的财神爷们划分出来三六九等，那样才……"

李艾没有更加清晰的思绪和佟小麦聊下去了，她说："乐乐叫我了，改天聊吧！"

佟小麦说："真没劲！这年头你还想'采菊东篱下'，没钱实现得了吗？"

李艾越发不耐烦了："我先挂了！"话一出口，又马上跟了一句，"噢，结果怎么样？"

佟小麦见李艾终于提起兴趣了，高兴地说："结果嘛，当然是——很融洽啦！"

李艾失望地哼了一声就重重地摁掉了通话。乐乐全身趴在水泥地上，向沙发底下找寻着什么，李艾一把将他从地上提起来，照着屁股就是一顿打。还好冬天穿得厚，孩子惊恐地缩着身体，并没有哭闹。李艾的眼泪却扑扑簌簌掉下来了，她反手把乐乐抱上床，摸了摸他的小脸。乐乐说："妈妈，是爸爸的电话吗？"

李艾的心更痛了，眼泪有点止不住，她哽咽地摇了摇头说："没，不是，宝宝乖，快睡吧！"

乐乐说："妈妈你也早睡！"听话地闭上了眼睛。

李艾深深地吸了口气，她站在阳台上抖得厉害。寒冷是不会让她战栗的，她需要的是一种安全感。李艾从阳台的角落里摸出一盒烟，那根小小的火柴燃起的火焰随她双手的抖动跳跃着。

她深吸了一口烟，那股气体在身体里打了个循环又被吐了出来，也带走了许多的恐慌。她渐渐地安静了下来，人却变得很颓废。返回头想一想，竟然不知道自己为什么要因为佟小麦的一句话而生气。

一上午，李艾总是拿起电话又放下，然后再拿起，再放下，这样反复了数次。中午的时候，李艾觉得廖殊途一定闲下来了，她终于忍不住拨通了廖殊途的电话。她忐忑地听着电话里的动静，可是，刚拨过去，电话里就传来了"您拨打的电话已关机"的提示音。

李艾很沮丧，自己为难了一上午，结果廖殊途竟然一直在关机状态。于是，她竟然非常放松了，一会儿拨一次，一会儿拨一次，最后拨累了，也只好将手机扔在了一边。

乐乐快放学的时候，廖殊途竟然打了过来："这么急打电话有事吗？"

李艾有点难为情地说："噢，你一直关机，怎么知道我打电话了？"

"呵呵，心电感应嘛！"廖殊途心情不错地继续说，"我有来电提醒，一开机，竟然有二十三条短信提醒，还以为你怎么了呢。不会这么快就想我了吧？"

"讨厌！"李艾顿了顿又说，"想肯定是想的，只是，你却不肯光明正大地陪我。"

廖殊途一听这话锋不对，他怕李艾把他逼到死角，就说："没什么事我挂了，一会儿有个饭局！"

李艾说："噢，好吧，我该接乐乐了！"

廖殊途觉得这一生最失败的就是廖科从来不按自己的安排去长大，以至于这样七扭八扭地让父子关系很尴尬，因此，他对乐乐有一种特殊的情结，一提到乐乐，他总是乐呵呵的："乐乐他好吗？"

"很好啊，在学校很受老师和同学们的欢迎呢！"李艾不失时机地答着话，"只是……"

"只是什么？"

"只是……校车太挤了！"话一出口，李艾就竖起耳朵等待答案。

"哦，现在都是这个情况，你嘱咐乐乐要注意安全啊！"廖殊途不上套。

李艾有些泄气，索性直截了当地说："我想买辆车接送他！"

廖殊途停了有三秒钟，说："买什么样的？"

"也不要很贵的吧，六七万的就行！"

"你有这笔钱吗？"廖殊途一句话噎得李艾半天没说上话来，他继续说，"你就那么个店，顾客又不是很多，整一辆车出来太扎眼了，很容易引起别人怀疑的。"

廖殊途一番话说出来，让李艾很失望，她还想再说什么，廖殊途说："这事以后再说，我还有事，先挂了！"

廖殊途定定地坐在位子上老半天，一会儿又收到李艾一条短信：这钱算我借你的，以后还就是！

廖殊途有点生气了，干脆又关掉了那部手机，"啪"一声丢进了抽屉。

李艾已经气得在屋里来回踱着步子，心里暗暗地跟廖殊途较劲。自己跟廖殊途保持了三年的地下情，从来没有提过过分的要求。他不离婚，她忍了；每次见面都跟地下党似的，她忍了；从来不在一起过什么节日，她也忍了。可是，为了乐乐，她不想再忍了。再说，佟小麦如果嫁到廖家，张芝兰的地位就更加巩固了，一年半载的，佟小麦再生个一男半女的，廖殊途恐怕就剩下享天伦之乐了，那就更没自己什么事了，再这样忍辱负重有什么用？自己的儿子还在每天挤校车！更气人的是，这事到廖殊途嘴里竟然变得这样轻松！

自从佟小麦跟张芝兰见了面，她又知道廖殊途就是廖科的爸爸后，佟小麦竟然大献殷勤。华为科技的老板张英明一看佟小麦竟然攀了高枝，也把她当菩萨一样供着，不但不用坐班，还一下子给佟小麦长了工资。佟小麦有了时间，三天两头地去孝敬张芝兰，炖汤、美容、散心，一通折腾。

一开春就让佟小麦逮着了一个更大的机会。乍暖还寒，张芝兰受凉了！

佟小麦几乎是飞奔进艾灸馆的，李艾正在吃苹果，她抢过去就是一顿大啃，然后鼓着腮帮子说："太好了，机会来了！"

李艾一边笑一边说："你这是啥事啊？着这么大急还是好事！"

佟小麦说："张——芝——兰……"

一听到这个名字，李艾就激灵一下子，她对这个名字太敏感了。

佟小麦没有觉察，继续说："噢，就是我那个未来婆婆，她……"

"她……怎么了？"李艾故作镇定地问。

"她肩膀受凉啦！"

李艾白了她一眼说："我还以为怎么了呢，她受凉你这是高兴啊还是伤心啊？"

"哈哈，我是暗自高兴啊！"

"你真是蛇妇！还未来儿媳妇呢，人家病了看把你高兴的！"李艾笑着说。

"哪有啊？又不是什么大病，再说了，不刚好是我的一个表现机会吗?"佟小麦央求道,"姐,我是来请你出山的!"

"不去!"李艾断然回绝了,她凭什么去给张芝兰治病呢?

佟小麦着急了:"咦?姐,这你可不能不去啊!这是我嫁入豪门的第一步!"

"你嫁又不是我嫁!"李艾漫不经心地打扫着卫生。

佟小麦嘻嘻哈哈地道:"廖科是不行了,要不这样吧,你嫁给廖殊途给我当小妈吧!"

佟小麦一句话说得李艾顿觉全身血涌,弄了一脑门子汗:"你这死丫头,瞎说什么?"

佟小麦哈哈地笑着:"你到底去不去?"

李艾想了一想说:"好吧,我去!不过……"

"不过什么?"佟小麦着急地问。

"你得付出诊费!"

"财迷!"

"你还官迷、豪门迷呢!"

"哈哈,好吧,为了我光明的未来我忍痛割肉了!"佟小麦露出大功告成的姿态。

李艾嘴角也露出了微笑。她终于踏进廖家了,她倒要看看廖殊途在廖家用什么眼神看她。

佟小麦迫不及待地说:"那我们现在走吧!"

李艾说："今天晚了，明天吧！"

佟小麦说："明天是周末，廖殊途出门晚，我很怕遇到他呢！"

"那不是更好吗？你可以多表现表现。"

"我还是各个击破比较好！"

周末的阳光很好，不仅佟小麦打扮了一番，李艾也精心地修饰了一下。佟小麦来接李艾，李艾说："我们坐几路车啊？"

佟小麦说："还坐什么车啊？打车去！我们老板报销！"

李艾撇了撇嘴角说："看来真是块肥肉！"这让她很是担心廖殊途，转回头想想廖殊途当初给自己的答案，想想这些天他一直没有理自己，甚至没一个电话和短信，李艾又恨恨地咬了咬嘴唇。

佟小麦一路上都在联系廖科，问张芝兰喜欢吃什么，有什么忌口的，一天怎么安排等等，忙得不亦乐乎。

佟小麦按响廖家门铃的时候，李艾很平静。出来开门的是廖科，廖科跟廖殊途像一个模子里刻出来的一样，长得文绉绉的，很俊朗。李艾觉得心很痛，越加觉得命运弄人，想深爱，却前路愁苦。

廖科把两个人让进了屋。李艾瞥了一眼鞋柜里，廖殊途的鞋子还在；环视了一下客厅，不豪华但是很讲究。她越发觉得失落，想着心爱的人就这样跟另一个女人生活在一起，她的心里已经严重地不平衡。

廖科请她们在客厅里休息，李艾很像那么回事地说："还是看病重要。"

正说着，张芝兰和廖殊途一边像是争吵着什么一边走了出来。廖殊途有点生气，脸上的表情很凝重，因为没有戴着眼镜，深陷的眼窝看上去有点憔悴，他直奔茶几去找眼镜。李艾一眼发现了挡在小药箱后面的眼镜，她伸手递过去，廖殊途很自然地去接。这动作他们再熟悉不过了，在一起时，每次李艾都是这样照顾着廖殊途。

这一次廖殊途也感到了诧异，他戴好眼镜，定睛一看，居然吓得一哆嗦："这……"

李艾欠了欠身，佟小麦连忙说："叔叔，我带我姐来给阿姨做艾灸！"

廖殊途才反应过来说："噢，有病去医院……"

张芝兰接过话茬说："小麦来了！你叔叔就认医院，我是最烦到那里兴师动众的！"

佟小麦介绍说："阿姨，这是我姐，你让她看看吧，不打针，不吃药，不化验，一灸就好！"说着还上前搀扶起张芝兰来。

廖殊途转身要走，李艾说："您也曾经是我的患者呢！"

廖殊途毕竟是见过大风大浪的人，他很自然地去拿衣服换鞋，嘴里还风趣地说："哦？是吗？看我真是老了，一点儿都不记得了！"

李艾说："记性不好多半是因为肾亏！"

佟小麦说："看看我姐，三句话不离本行呢！"

张芝兰说："海城就这么大，十个人有八个人认识他！"

廖殊途急匆匆出了门，下了楼就拨通了李艾的电话。隔着包，李艾就感觉到手机的振动，她借口要净手，转身进了洗手间。手机还在振动，李艾不慌不忙地拿出来，一手按接听键一手打开了水龙头。

廖殊途说："你别说话，做完别耽搁，打车到宁县的明月山庄，我在那等你。"

李艾露出了久违的微笑，默不作声地挂了电话，开始认认真真地洗起手来。

洗漱架上整齐地放着两只牙缸和牙刷，牙刷头向上相互靠近着，像情投意合的两个人。

走出洗手间，张芝兰很热情地向李艾问这问那，李艾只简单作答，然后问："您哪里不舒服呢？"

张芝兰说:"好像是肩周炎犯了,贴了膏药却不怎么管用。"

李艾随张芝兰来了到卧室,室内一水的白色欧式家具。李艾说:"呃,艾草燃烧会有烟灰,这间恐怕不太合适吧!"

张芝兰听了,又把李艾领到另一间,房间里有一张大大的中式木床,一排书架,床头柜上的台灯也是木头做的,甚至没有刷一层清漆。待在这间,李艾觉得舒服多了:"您这两间风格迥异呢!"李艾边做着准备边说。

张芝兰说:"我平时住那间,我喜欢欧式的家居,大气!这间通常是你叔叔喝多了,我就让他来这屋睡,他就喜欢这种原始风格的。"话虽这样说,可是屋子里的陈设显然表明主人是经常出入的,枕边的一本人物传记还打开着摊在那里。李艾仿佛看到廖殊途慵懒闲适地靠在那里。

张芝兰见李艾在那里发呆,连叫了两声,李艾脸涨得通红,回话说:"哦,我……我比小麦大十多岁呢!"

张芝兰这才醒悟到说:"噢,看我,随小麦的辈分叫了,你随便叫什么都行!"

李艾说:"噢,呵呵,还是叫'张主任'和'廖主任'吧!"

张芝兰又笑说:"我那就是个闲职,呵呵!"

李艾一边燃起了艾条,一边说:"第一次做您可能有点不适应，在温度可以忍受的情况下尽量忍一下吧！"

张芝兰看上去对艾灸疗法很是受用，做着做着竟然睡着了。

李艾像个女主人一样在屋子里走了两圈，这更加坚定了她要对廖殊途施压的决心。

未为有知

　　走出廖家，外面的阳光依然安好，可是每个人享受阳光的心情却是不同的。疲于奔命的人几乎来不及多看一眼阳光里的生活，而有钱有权的人走在阳光下就是出来大肆炫耀的。

　　没有方向感，没有目标，甚至没有未来，李艾就这样茫然地站在街头。她觉得痛苦，但是没有人理会；她觉得无助，又不知道谁能给些温暖。

　　李艾缓步前行，先前，尽管日子清苦些，但是廖殊途是她的依靠，在一起时很贴心。现在，她却不知道应该用什么样的眼神去看他，就仿佛怎么看也看不清楚……

　　廖殊途来了电话催她，她不知道摆在面前的是怎么样的一个结局。"早早有个了结也好！"李艾在心里平静地告诉自己，拦了辆出租车直奔宁县的明月山庄。

　　宁县离海城市很近，县里百分之三十是山地，不用说得很远，就十年前还要用"穷乡僻壤"来形容。只是这几年的工夫，房地产开发商就把这里变废为宝，这里成了"高地位和品位"的代名词。山势很陡峭，但山路很宽阔。一路蜿蜒而上，李艾有点晕车了。她让司机把车停在山庄大门口就立马下了车，扶着崖壁呕吐不止。李艾不知道是胃痛还是心痛，索性借机大哭了起来。哭着哭着，一双有力的大手竟然按在了肩头，李艾鼻涕眼泪一大把，回过头去一看，是廖殊途。她断定廖殊途是来哄她的，就用力地扭动了两个肩膀说："走开！谁要你管！"

廖殊途呵呵地笑着，从衣袋里掏出面巾纸给她擦脸。李艾就干脆扬起脸来让他擦，还使劲地擤了擤鼻涕，弄得廖殊途一阵咋舌。李艾终于破涕为笑了，廖殊途说："夫人山上请吧！"

李艾一拧脖子说："谁是你夫人？"

廖殊途说："就是你啊！我的艾儿啊！"

"不要现在嘴甜了！见人你就怂了！"

廖殊途冲着山谷里就喊："艾儿夫人起驾了！"吓得李艾连忙上手去捂他的嘴。廖殊途顺势亲了李艾一下，李艾忙说："哎呀，讨厌，我刚吐过！"

廖殊途说："就你这洁癖样，吐出来的都比别人吃进去的干净！"

李艾听了直撇嘴："讨厌，你恶心不？这马屁拍得太假了！"

廖殊途搂着李艾向山上走，李艾动也不动地站在原地说："我走不了了！"

廖殊途没有办法，只得上前抱起李艾。李艾一边开心地笑着，一边死死地搂紧了廖殊途的脖子。

廖殊途走到崖边，吓唬着李艾说："我们双双殉情吧！"

李艾说："我是贱命，没什么，就怕你这个大主任……"

话还没有说完，但是显然很煞风景，廖殊途的脸立刻变了天，把李艾放了下来，隔了几秒钟又说："果真老了，有点力不从心了！"

李艾像个犯了错的孩子一样说："我胃里难受……"

廖殊途点上一根烟，深深地吸了一口，说："想吃什么？我带你去！"

走进明月山庄才真的像是走进了廖殊途的地盘一样，他不再那么拘谨，脚步轻松，进出也很舒坦的样子。他不假思索地点了一桌子菜，李艾小声地劝阻着，他却不管不顾，末了又补充道："今天送餐，对了，那鲍鱼多加牛奶，要热热的！"

李艾非常喜欢那种大红色的"富贵花开"的图案，现如今让她硬生生地踩在脚下，着实有些不忍。地毯松软到踩在上面像踩着云一样轻飘飘的，李艾跟着廖殊途回房，心也跟着轻飘飘的了。

房间里的陈设多一分则多，少一分则少，一切都刚刚好，像宫殿一样。李艾轻轻地用手在每一件物品上滑过，心里被满足感充盈着。

廖殊途亲自给她放好了洗澡水。浴缸是带冲浪感觉的，李艾眯上了眼，隐约听廖殊途在打电话，好像是张芝兰的。李艾竖起耳朵也没能听太清楚，廖殊途只说在忙，不回家吃饭之类的。等外面没了话语声，李艾大声叫着廖殊途。

廖殊途站在门口说："请问我能进去吗？"

李艾说："麻溜地过来搓背！"

廖殊途说："好嘞！"就冲了进来。李艾尖叫着用水泼他，把廖殊途的衣服都打湿了。廖殊途看到浴中的李艾，头发湿漉漉地散在胸前，奶白色的灯光映着她的胴体越发地有诱惑力。李艾也用尽浑身解数吸引着廖殊途。一切都不重要了，最真实的自己，最原始的动力，让他们拥有了最美好的一段时光……

李艾好像是睡了这一生中最舒心、香甜的一觉，一觉醒来，廖殊途裸身站在落地窗前抽着烟，他的背影是那样伟岸。李艾想着梦终究会醒，眼角不觉湿润起来。她轻声地叫着："老公……"

廖殊途没有反应过来，李艾提高了音调叫着："老公，老公抱抱我！"

廖殊途忙掐了烟，上了床。廖殊途全身凉凉的，冰得李艾一激灵，她又反悔说："讨厌，不要了，不要了嘛！"两个人就又是一阵折腾。

欢喜过后，廖殊途说："起来吧，我们吃饭，刚才不忍心叫你呢！"

李艾抿着嘴巴点了点头。吃饭的时候李艾狼吞虎咽，风卷残云，廖殊途很开心地照顾着她吃，自己却只吃了小小的一碗米。李艾问："你怎么不吃？不高兴吗？"

廖殊途说："我中午就吃了好多玉米饼子炖杂鱼呢！"

李艾这才笑了，说："噢，那就好，我可怕你不高兴了！"

"快吃吧，一会儿我们到山上散散步！帮你消消食！"

叹

夕阳被卡在山坳里，憋了个满脸通红。枯草还在寒风里瑟缩着装可怜，却仍挡不住新绿回春。

廖殊途把李艾揽在怀里说："等我交了这顶乌纱帽，就找这么个山沟盖间茅屋，种些稻谷，化作草木生了！"

李艾幽幽地说："那你奋斗这一辈子是为啥呢？"

"人在江湖，身不由己啊！就像我爱你，却给不了你什么一样！"廖殊途慨叹着，李艾却听得格外刺耳。这好像廖殊途在向自己摆明立场一样。

李艾甩开他的手说："你想说什么就直说吧！"

廖殊途急急地说："你看你，刚才还好好的，这又怎么了？"

"我还问你呢。你想说什么就说呗，还跑这么远，绕这么个大弯干吗？"

"艾儿，我三十年前已经对不起一个像你一样清新秀丽的女孩子了，现在我很珍惜你，我不想再失去你。但是，你一定要那些形式主义上的东西的话，我只能一败涂地了。你不想看着我身败名裂吧！"

李艾紧紧地搂着廖殊途说："你不要这样说，我是真的爱你的。只是，你没看到乐乐每天挤得那一脑门子汗，我看了真心疼！"

"什么事都要有名头，你这家底不实，生意也很惨淡，如果每天开辆车来来往往的，让人怎么说呢？"

李艾使劲地点了点头说："好好好，我听你的，我什么都听你的！"

廖殊途将李艾的手摊开了，放上去一把钥匙，说："这房子比你说的车子要强好多倍吧？但是房子我能给你，车子暂时却不行，我慢慢再想办法吧。我先找人教你拿个驾照，不过不能急啊，我们得从长计议。"

李艾说："这些以前你怎么不给我？"

廖殊途说："你可看好了，这些都跟我的命有关，说不定哪天翻船呢！"李艾听了很是害怕，连忙阻止他继续往下说。

廖殊途说："这点你就不如张芝兰，她做事总是安排得很妥当，处处也都谨小慎微的。有她在，我还是比较放心的。"

"她好你跟她过啊！又没有人拦着！"李艾吃醋了。

廖殊途忙着改口说："不是，不是，我和她是合作关系，你才是我的最爱！"

一大早，李艾就收到张芝兰的感谢电话。张芝兰连连夸赞艾灸的效果好，夸李艾的技术好，还说要在朋友圈子里帮忙宣传，于是又追问了一句："这艾灸除了风湿、关节疼痛还能治啥病呢？"

李艾说："一灸去疼痛，二灸保健康，三灸百病消。"

张芝兰听了惊奇地说："天啊，这么神啊！那你以后要多给我调理一下啊！"

李艾笑了笑说："没问题，我免费全包！"

张芝兰听了更加笑得合不拢嘴了："那怎么好意思呢？你们凭手艺吃饭也不容易！"

李艾在电话那头撇了撇嘴，这话比骂人还让人气愤！

笑　意

没过两天，李艾就在艾灸馆前制作了一个灯箱，上面罗列了大大小小十几条新项目：美容、丰胸、壮阳、补肾、孕前调理、暖宫、卵巢保养……果真打出一个包治百病的幌子来。

渐渐地，纯阳子艾灸馆前就开始门庭若市了，李艾不得不叹服张芝兰的号召力。每天总是忙忙碌碌，让她忽然抽不出时间来想廖殊途了。艾灸馆里多了各色女人的寒暄、攀比与大笑，廖殊途也再没登过这间曾经让他安心、宁静的场所。

一天，张芝兰走得很晚，她说："小李啊，你过来，我跟你说点事！"

李艾正在收拾卫生，听到这句话，心忽然一下子提到了嗓子眼。她故作镇定地走上前去，一副很认真的样子说："什么事？您说就是！"

张芝兰又思考了一下，弄得李艾越加紧张。

"我跟你说啊，你这治疗价格得往上调，价格上去了，来做的人才显得有档次。还有，你得雇两个水灵灵的小姑娘，把这些人伺候好喽。然后这里的床单和被套也得在提高档次的基础上讲究一下。"

李艾一颗心落了地，笑了笑说："嗯，您说的这些还真得改进呢！"

张芝兰接着说："对了，你不是做了包月的卡吗？你得给我一张，我得跟她们一样啊，不然，我会被那帮人隔离的。"说完呵呵地笑了。

李艾连连答应着："好，好，好，我一切照办。"

张芝兰果然是一个过日子的好手！她说要李艾找两个小工，没过两天就带过来两个十八九岁的姑娘，进门就说："小李啊，你看我给你找的这两个助手合适不？"

李艾还没有来得及细端详，两个小姑娘就一个拿笤帚一个拿抹布地干上了。李艾没法说，只能笑脸相迎地说："很好啊！您看中的肯定很优秀的。"

两个小姑娘一个叫同心，一个叫同德，是堂姐妹俩。一开始，李艾觉得两个人沉默寡言、任劳任怨，是可以用来帮忙的；但是她渐渐发现，每每她问到一些她们的家庭情况，两个人都有眼神的交流，你看看我，我看看你，然后支支吾吾地给出一个模棱两可的答案。

一个月刚满的时候，同心灭药条不彻底，引着了垃圾，李艾于是小题大做了一番，给同心结了工资，让她走人了。剩下同德一个人越加谨小慎微，但是，她仍然好像有事瞒着李艾。一天，李艾又以毛巾洗得不干净为由罚了同德一百块钱，这下同德终于忍不住了，说："姐，看在张姨的面子上，你就别罚款了，我下次注意！"

李艾故意问："张姨？哪个张姨？"

同德怯怯地说："就是领我们过来的那个张姨啊！"

李艾提高了嗓门说："那我问你们好几次是怎么到我这儿的，你们怎么不说啊？"

同德说："是……是张姨不让说！"

李艾问："那你们和她是什么关系呢？"

同德说："我们应该管她叫表姈子。"

李艾又问："那你们为什么又非要到我这来干活呢？"

同德说："我姈子说我们学历太低，进工厂不如学门手艺……"

李艾疑惑地说："那也是她不让你们说明这层关系的？"

同德点了点头。李艾想了想，话锋一转说："我的手艺不是不可以学，但是'一日为师，终身为父'，你们应该尊敬我，所以什么事不应该隐瞒。"

同德又点了点头。李艾说："明天让你姐姐回来做事吧！但是，这件事你也不要跟你表妗子说，对了，见了还要叫'张姨'！"

李艾一说让同心重回艾灸馆，张芝兰就明白了其中的意思。所以，同心回艾灸馆是张芝兰带回来的。张芝兰笑了笑说："这俩孩子不满十八周岁，小学都没毕业，是我家老廖八竿子打不着的亲戚。她们的爹非要找老廖安排工作，哪能让他费心呢？刚好这你里缺人手，我就让她们来了，我是真不好意思说出来啊……"

李艾忙说："不是，不是，是我处理问题不得当。今后有您这层关系我就更要好好待她们了。"李艾的心里忽然有点愧疚，廖殊途说得不假，张芝兰是处处为他着想，事事处理得当，果真称得上"贤内助"。反过来想，把夫妻做得滴水不漏，没有真正的闲适、快乐和性爱，那就真如廖殊途所说是"合作伙伴"了。

接下来的日子里，同心、同德果然就跟李艾"同心同德"了。饮食起居，照顾乐乐，连一般的理疗也都能做了。李艾轻松了许多，钱也多了起来。廖殊途没有食言，有了这个红红火火的艾灸馆，一辆紫色的飞度很快交到了李艾手中。

李艾一下子找到了幸福！有了自己的事业，有了自己的爱人，有了时间和财富，一切都变得美好起来。她一有时间就可以陪廖殊途去爬没有名的山，走没有踩过的路，去农家院吃农家饭。廖殊途也觉得年轻了许多，重又拾回当年的感觉。李艾在风里飘起的秀发、飘散在山间的笑声，一切的一切都好像证明他真的化作草木生了。

世事是讲轮回的，快乐也会有始有终。

赵永军回来了，那个和李艾除了一纸婚约其他什么都没有的丈夫回来了！他回来除了参加佟小麦和廖科的订婚典礼，就是冲着李艾那辆车，冲着艾灸馆，冲着和廖殊途"攀亲"来的。

赵永军来的时候，李艾正忙着，本来灿若桃花的一张脸一下子就阴了下来。赵永军带着一个胖墩墩的黑膛脸一起进来。那人胡子拉碴的，两只鱼眼不够使一样乱转，见了李艾还满脸赔笑地说："这是弟妹吧？这么能干！我老弟有福啊！"

赵永军不管李艾愿不愿意就说："我说老黄啊，这几天我看你累得够呛，你上去让她给你拔几罐子，保准立竿见影！"

那老黄笑嘻嘻地就要往床上爬，李艾忙上前整理床单说："这些都是女士床位，现在没有空床，一会儿再说吧！"

那个老黄并没有因此显得半点尴尬，连声应着："好，好，好，不急！不急！"

等店里的人都走得差不多了，赵永军和老黄仍然不肯走。李艾见没办法，跟同心说："先给这位先生化瘀！"

同心应了一声，让老黄把手伸出来，然后点燃了一根很粗的艾条开始灸虎口。艾条燃烧得很旺，灼得那个老黄嗷嗷地叫着缩回手去。他一边吹一问："我这皮糙肉厚也不能这样弄啊，这不赶上'灌辣椒水''坐老虎凳'了吗？"

李艾不紧不慢地说："你这种表现只能说明你病得不轻！"

老黄将信将疑地说："是吗？那你看看我这是哪里的毛病呢？"

李艾说："先化瘀吧，你血脉不通！"

同心对着艾条轻轻地吹了几口气，然后又接着由远及近地给老黄做艾灸，每次都是灸得老黄叫起来了才罢手。赵永军看了气呼呼地说："行了，行了，老黄你先回吧！"

老黄龇牙咧嘴地说："不行，不行，我这要真是血脉不通，还真得治治！哎哟，哎哟，姑娘轻点！"

老黄忍着痛，嘴里还不闲着："你不知道，就上次咱们一起去内蒙古，我搭上了半车土豆才搞定那个小倩，没想到，关键时候又不举了！"

老黄伸着脖子跟赵永军说话，李艾上前把艾条直接按在他手上，烫得老黄一下子从椅子上蹦起来，急了眼。他一边吹一边指着李艾说："你……你……你干什么？"

李艾说："治病啊！"

老黄把手举到李艾面前说："有你这样治病的吗？你看看，起泡了！"

李艾说："是啊，把坏水放出来你的病就好了！"

赵永军用眼斜着李艾说："你这属于医疗事故，你赔钱！"

李艾说："你交了钱治病，治坏了我负责！"

赵永军气急败坏地咬了咬牙，拉着老黄骂骂咧咧地离开了艾灸馆。

李艾忽然觉得好想廖殊途，于是给廖殊途拨过电话去。听上去廖殊途心情不错，对李艾一直嘘寒问暖的，李艾觉得好感动，觉得廖殊途才算得上自己真正的爱人。廖殊途显然感觉到了李艾情绪不高，追问了一句："艾夫人，今天怎么了？不高兴吗？"

李艾抽泣着说："赵永军回来了！"

廖殊途停了有三秒钟，又问："谁？"

李艾说："赵永军，乐乐爸！"

廖殊途若有所思地说："噢，他回来干吗？长住吗？"

李艾说："我也不太清楚，不过挺讨厌的！"

廖殊途说："噢，他现在在你那边吗？"

李艾抹了把眼泪说："没，让我给气走了！"

廖殊途说："你马上把艾灸馆里的东西检查一下，不要让他察觉到什么，另外把手机清理一下，还有，这几天不要再跟我联系了！"

李艾刚要再说什么，廖殊途那边居然已经挂了电话，再打无人接听，再打关机了。

李艾半晌没有反应过来，冷风吹到脸上，能感觉到泪水流过之处都是皱巴巴、火辣辣的。

李艾好像又开始活在赵永军的阴影之下，又好像自己就要为爱情飞蛾扑火了，一下子蜡烛却灭掉了，让她无所适从。

青　清

廖殊途回到家，情绪很低落，张芝兰和佟小麦却在喜滋滋地谈笑着。

廖殊途刚放下包，就听佟小麦说："算上我表姐也就十几个人的样子，她对我帮助最大，也是咱们家的'幸运星'！"

张芝兰恍然大悟一样说："你是说李艾吧？对，对，对，我早就算着她呢，这么大的事哪能少了她呢？"

廖殊途清了清嗓子说："噢，芝兰啊，你把我那套深色西装找出来，明天我要参加个重要会议。"

张芝兰一听立马起身说："噢，小麦，你再计划计划，看有什么问题吗？没有的话，我就找人跟你父母去定！"

廖殊途越听越不对味，一起跟她进了卧室。

张芝兰满脸堆笑，一把就从柜子里把廖殊途要找的西装拿了出来，边拿边说："这不就在这呢吗？什么你也找不到！"

廖殊途把西装扔在床上，看也没看一眼，说："你和佟小麦商量什么呢？"

张芝兰疑惑地说："不是商量好的，先给两个孩子搞个订婚吗？"

廖殊途立马急了，说："什么时候商量了？"

张芝兰纳闷地说："前天看电视时，我跟你提，你还一直点头呢！"

廖殊途摇着头说："我这一天到晚地忙，哪有工夫听你瞎叨叨！订婚？我不同意！"

张芝兰一听这话，心凉了半截，不情愿地说："论门第，佟小麦确实不是儿媳妇的最佳人选，但是这孩子眼里出气，总比弄个千金大小姐让咱们供着好吧！"

廖殊途更急了，说："我说不行就不行，你别再给我添乱行不行？"

张芝兰看事态确实有点严重，只好说："好，好，好，你别嚷，小麦就在外面呢，那这事就先放一放！"

佟小麦隐约听到屋里的气氛不太对劲，看张芝兰一出来果然脸色不好，就说："阿姨，天色不早了，一会儿您趁热把牛奶喝了，我就先走了！"

张芝兰笑着说："廖科回来我让他给你打电话吧！"订婚的

事，她也只字不提了。

　　佟小麦没有多想，但是一看到廖殊途那张严肃的脸，她就有点胆小。不过，自己的幸福未来的确有了很大进展，她还是很高兴的。

　　佟小麦到艾灸馆找李艾，却见她也一脸的愁容，便说："姐，你怎么了？不高兴吗？"

　　李艾强颜欢笑了一下，说："没，没有啊！可能有点累了！"

　　佟小麦还是高兴地说："那我跟你说件高兴事呗！"

　　李艾心不在焉，擦着桌子说："什么事？说吧！"

　　佟小麦显得有点不好意思地说："嗯……你帮我做两个疗程的孕前调理吧！"

　　李艾张大嘴巴说："啊？你要怀孕？有谱没谱啊？"

　　佟小麦说："这有什么啊？看你！都什么时代了，你还这么大反应！"说完又笑逐颜开，"张芝兰今天跟我谈订婚的事了，还说要请你，视你为上上宾呢！"

　　李艾说："廖殊途同意了？"

　　佟小麦说："笑话！他不同意张芝兰能跟我提吗？"

　　李艾若有所思，佟小麦继续问："你听见了没？给我做两个疗程啊！"

李艾说:"我不给你做!等结了婚再说吧!"

佟小麦央求道:"哎呀!你真是死脑筋,结了婚我哪有时间调理啊?我得立马怀上……"

李艾说:"你不刚说订婚吗?订个十年八年的再结婚的有的是!"

佟小麦忽然质疑说:"哎?你怎么那么不愿意我嫁到廖家啊?"

李艾立马笑脸相迎地说:"怎么会呢?我这不是怕你吃亏嘛!那个……奉子成婚……还是有风险的!"

佟小麦志在必得地说:"廖科是爱我的!"

李艾意味深长地吐了口气,说:"嗯,这是关键啊!"

佟小麦的孕前调理按计划进行了,奇怪的是张芝兰却开始左躲右闪地回避这个话题。

"这个老婆子,葫芦里卖的什么药……"佟小麦趴在理疗床上摆弄着手机说。

廖殊途不找李艾,李艾显得清闲得很了,但是每日坐卧不宁,心里像有一堆蚂蚁在钻一般焦躁和不安。

赵永军也开始在李艾面前阴魂不散。午饭刚过,他就又跑到艾灸馆来,直着就进了理疗室,吓得佟小麦尖叫了起来。赵永军仓皇转身,跑到门外还笑嘻嘻地赔不是说:"我……我以为中午没人呢！原来表妹在呢！对了，你……你啥时候办定亲酒啊？”

佟小麦一直认为赵永军是个混账东西，现在这样巴结自己倒真有一种优越感，她蔑视地说：“你咋比我还着急呢？”

赵永军还要赔笑，李艾走了出来，说：“我再说一遍，以后你不要来这里，男士止步！知道吗？”

赵永军收起一脸的笑，转身要走，走了几步又转回身来叫李艾：“噢，对了，我是来拿车钥匙的！”

李艾说：“你天天开车干什么去？那车前脸我看又多了几道划痕！”

赵永军不耐烦地说：“我接孩子，不行吗？”

李艾也不甘示弱地说：“时间还早呢！”

赵永军在屋里转了一圈，拿过李艾的包抢过钥匙就走。

艾绒还没有完全燃尽呢，佟小麦忽然接到了她妈打来的电话。电话那头佟小麦她妈焦急地说：“小麦啊，你快回家来一趟！”

佟小麦马上神经紧张起来说：“妈，怎么了？出什么事了？”

佟小麦她妈着急地说：“哎呀，你爷非不让开发商占咱家那块地，八十多岁的人了，天天到地里坐着去，你快回来劝劝他，就你好使！”

佟小麦一边接着电话一边小声对李艾说："快！快！快！给我撤了！"

李艾不明就里，连忙拿下了药笼说："出什么事了？"

佟小麦一边慌乱地穿着衣服，一边不耐烦地说："哎呀，我那个爷爷，把地看得比命都重要。回来再说吧，我先走了！"

一群想多拿点补偿款的村民围着视土如命的佟福老头，他嘴里念念不忘的就一句话："我不能对不起祖宗！"

是啊，他还能活几年啊，眼前最重要的是如果地毁在他手里，到了那边是无法交代的，那样自然在那边的日子也是不好过的。

佟小麦打车直奔村中的耕地，可是她好多年没有来过地里了，一时间竟然没有找到具体位置。正当她沿公路寻找时，忽然看见一群打着白色横幅的人站在路边，人群中间坐着一个头发和胡须都已花白的老头。佟小麦一眼就认出了那老头正是自己的爷爷。她马上叫司机停车，下了车，直奔佟福身前。

"爷爷！您这是干什么？快跟我回家吧！"佟小麦说着就去搀扶老人起身。

佟福干瘪着嘴巴，吐字不清，但佟小麦听得懂，他要表达的意思是：土地是他的命，是农民的根，没了耕地就吃不上喝不上了。他还再次强调了"佟小麦"这个名字的纪念意义。

佟小麦耐心地听着佟福说话，不住地点头答"是"，然后她安慰佟福说："爷爷，儿孙自有儿孙福，我现在不用种地不也生活得很好吗？您听话，先跟我回家！"

佟福长叹了一声，佟小麦跟那群人说："大家也都回吧，事情总能解决的。"

佟福起身一走，人群中杂乱一片，一会儿也就散开了。佟小麦发现在身后的田埂上居然还坐着一群老人，心里忽然酸酸的。

廖殊途正在开紧急会议研究征地受阻的事，秘书趴在他耳边说佟福老头被人劝回家了，村民们也都解散了，局势得到了控制。

廖殊途深吸了一口气，问："那老头是被什么人劝动的？"

"他孙女！"

"哦？不是老头儿子都劝不动吗？他孙女是……"

"隔辈亲呗！那女孩叫佟小麦……"

廖殊途一听这名字脑袋都大了。思索了一会儿，他打电话给张芝兰说："廖科和佟小麦的事放在年底办吧！"张芝兰很诧异廖殊途的态度，廖殊途叹了口气说："征地受阻的主要领导者是佟小麦她爷！听说今天是佟小麦说服了那老头才算缓解了一下。你给佟小麦敲敲边鼓，让她一定稳住她爷，要不然这事太棘手了！"

张芝兰深感事态的严重性，打电话给佟小麦，解释说自己最近在单位忙，好久没有见到小麦怪想的，还约她晚上一起到家包饺子。佟小麦欣然应允。

晚上，佟小麦和张芝兰一个擀皮一个包，闲聊的话题也十分轻松。张芝兰瞄了一眼佟小麦说："我和你廖叔本来想五一前后就给你们订婚的，可是最近他工作上出了点问题，所以还要推一推，你可别介意啊！"

佟小麦放慢了擀皮的动作问："哦！很严重吗？"

张芝兰笑了笑说："还不是为开发区那块地的事。听说，带头的大多数是上了岁数的老人家，所以怎么处理就难拿捏了。"

佟小麦的心里咯噔了一下，张芝兰又说："这个节骨眼办你们的事恐怕不太妥当，你说呢？"

佟小麦尴尬地点了点头说："噢，是啊！我和廖科都不急的！"

佟小麦再没了心思，也没了时间去李艾邡里做什么孕前调理，有时间就往老家跑，陪她爷爷去了！

燃

佟小麦这一用心，廖殊途的工作马上豁然开朗了。同时佟小麦忙起来，李艾也就轻松了许多。

廖殊途又有了时间约李艾。李艾对那天所受的委屈还在耿耿于怀，廖殊途见怎么也哄不好了就硬拉上她去明月山庄。李艾虽然心里一下子就破了冰，但是仍然一把鼻涕一把眼泪地不依不饶，半路上还怄气下了车。廖殊途又是赔礼道歉，又是指天发誓，才让李艾安静下来。

佟小麦从超市采购了一大堆好吃的回去孝敬她爷爷，没想到半路上却看到了廖殊途和李艾正在推搡。车子开出好远了，她脑子里还是一片空白。当她意识到事情的严重性时，竟然有点不敢相信自己的眼睛，于是叫司机掉了头回去再看个仔细。出租车刚刚驶近廖殊途和李艾时，只见廖殊途已经搂着李艾，把她送上了车。廖殊途开着那辆黑色的奥迪箭一样开走了。

佟小麦使劲咽了口唾沫，跟司机说：　"掉头！跟上那辆车！"

车子跟到进了山，盘山路七拐八拐的，佟小麦还是跟丢了。正当她在一个岔路口不知道如何是好的时候，远处的山坡上传来了李艾银铃般的笑声……

一段时间以来，李艾的心情显然好了很多，佟小麦跟她在咖啡馆里喝咖啡时，她一直在跟佟小麦窃笑。佟小麦咬了咬嘴唇说："你不能抢别人的东西！"

李艾的笑颜立马止在那里，她不自然地舔了舔嘴唇说："你……你说什么呢？"

佟小麦义正词严地说："我说你不要抢别人的东西！更不要抢我的！"

李艾冷笑了一下说："你说什么呢？每个人都有追求幸福的权利！"

佟小麦说："你不觉得很可耻吗？"

李艾深深地吸了一口气，说："我是你姐姐！"

佟小麦眼里噙着泪说："你在做那些事的时候怎么就没想到我这个妹妹呢？亏我还引荐张芝兰给你认识！"

李艾说："我如果像你想得那么肮脏，就不会这样默默地陪伴他这么多年。我的事和你又有什么关系呢?"

佟小麦说:"当有然关系!你破坏了张芝兰和廖……"她忽然又觉得不妥,向四下看了看说,"破坏了他们的家庭,我和廖科怎么办?你知道吗?你会毁了这个家,毁了所有人的前途!"

李艾失望地说:"佟小麦,倒是你自己应该反思一下自己的角色!不要越了位!不要把什么东西都建立在利益的基础上。"

佟小麦说:"你不收敛,会有人介入的!"

李艾冷冷地说:"走着瞧!"

几夜辗转难眠,李艾左思右想,终不能让自己落到十分被动的境地,于是平静地跟赵永军提出了离婚请求。赵永军并没有感到意外,这件事在他看来只是迟早的事,只是时机问题,现在貌似时机也已成熟。

"离婚可以,孩子和财产说清楚,别的都好说!"赵永军话语轻松地回复着。

"乐乐跟我,孩子不能没有亲妈!"一提到孩子,李艾的心总是很柔软。

赵永军想都没想就答应:"可以!还有呢?"

李艾皱着眉头说:"还有?还有什么?"

"车和艾灸馆啊!"赵永军谈笑自如。

李艾说:"你是男人吗?我辛苦攒钱买车为的是孩子不再挤校车,我苦苦撑起这个艾灸馆也是为了我们母子俩的生计啊!"

赵永军说:"离婚不是你先提出来的吗?再说,这些就是到了法院也得说是夫妻共同财产不是?"

李艾按捺不住心中的怒火,但是她一想到廖殊途,想到自己将给他带来的麻烦,终于又忍了下来。她默默地从包里掏出车钥匙扔在赵永军的面前。

赵永军嘿嘿一笑,把钥匙在手里掂了掂说:"只要我有时间就会去接孩子的。"

李艾咬着牙说:"你给我滚!"

赵永军并没有生气,回过头来说:"我随时有空,看你时间吧,我们去民政局把手续办了!"

离婚后的日子并没有什么特别,李艾的心里却像有一大块石头落了地。那个不幸的婚姻始终像一条破裤子,缠住了她命运的脚步,果真甩掉了,心里竟然坦然了许多。每每跟廖殊途在一起,也觉得不用再像从前那样纠结。她时常会愣愣地看着廖殊途那张书生的脸说:"放心吧,我不会给你惹麻烦的。"

佟小麦秘密地跟踪了李艾和廖殊途一段时间,她发现李艾并没有把上次的谈话当回事。于是,她不得不放低姿态来跟李艾说："表姐，上次的事是我不对。可是，你也是有家有口的人，乐乐那么大了，如果让他知道了，他会怎么看你呢？"

李艾最容不得要挟，特别是拿乐乐当挡箭牌，她淡淡地回答佟小麦说："我现在是单身！"

佟小麦一惊，心想李艾从小就精明，没想到现在处理问题还是那么能掐住关键点。但是，她确实不能让李艾就这样引领着事态的发展。于是，佟小麦打了个电话给赵永军，说他这个婚离得有点亏。

佟小麦的话让赵永军着实动了一番脑筋。

佟小麦原本想找一个人缠住李艾，让她知难而退，没想到事情并没有向着她期许的方向发展。

有一段时间，赵永军频繁地进出廖殊途的办公室，再后来，佟小麦再想控制局势，已经有点身不由己了。赵永军出了车祸，廖殊途因为经济问题落马，廖科不堪这一切离开了这个让他失望的城市。

佟小麦看了廖科留给自己的信，不禁失声痛哭。张芝兰叹了口气，把眼神移向窗外，沉重地说："你说你这又是何必呢？"

李艾带着乐乐出现在病房门外，看着插满管子的赵永军，她的心里五味杂陈。

也许这命运就像这艾绒燃烧一样，缥缈而难以捉摸……